gli elefanti

Dello stesso autore in edizione Garzanti:

Paso doble
Bla bla bla
Ambarabà
A spasso con Anselm
Liberi tutti, quasi
Il paese delle meraviglie
Un'estate al mare

Giuseppe Culicchia

Tutti giù per terra

Garzanti

In questa collana
Seconda edizione: aprile 2004
Prima ristampa: marzo 2005
Seconda ristampa: luglio 2005
Terza ristampa: marzo 2006
Quarta ristampa: settembre 2007

ISBN 978-88-11-67825-0

www.garzantilibri.it

Tutti giù per terra

A Babilla

Hungry darkness of living
Who will thirst in the pit?
She spent a lifetime deciding
How to run from it

GHETTO DEFENDANT
COMBAT ROCK, THE CLASH, 1982

Grazie a: Barbara, Elisabetta, Liz, Walter, Ada, Pier Vittorio, Gianni, Elena, Joe, Paul, Mick, Nick, Sid, Steve, Paul, John, Joey, Johnny, Tommy, Dee Dee, Jello, Klaus, D.H., East Bay Ray, Ernest, Francis e Hank.

Capitolo primo

1.

Giro giro tondo, casca il mondo...

Verso la fine degli anni Ottanta il mondo pareva proprio sul punto di cascare e io nell'attesa mi limitavo a girare in tondo, giorno dopo giorno. Facevo sempre più o meno lo stesso percorso. Senza una meta. Ogni giorno le stesse vie. Le stesse vetrine. Le stesse facce. I commessi guardavano la gente fuori dai negozi come gli animali allo zoo guardavano i turisti. Rispetto a loro mi sentivo in libertà. Ma ero solo libero di non far niente.

Via Po piazza Castello via Roma. Piazza San Carlo via Carlo Alberto via Lagrange. Piazza Carignano piazza Carlo Alberto via Po. E poi di nuovo: piazza Castello, via Roma, piazza San Carlo. Tutti i giorni. Giorno dopo giorno. Chilometro dopo chilometro. All'infinito. La suola del mio unico paio di scarpe si era tutta consumata. Mi sforzavo di camminare appoggiando il meno possibile il piede sulla strada ma riuscivo soltanto a saltellare. Non volevo un lavoro da commesso. Non volevo fare carriera. Non volevo rinchiudermi in una gabbia. Intanto però la mia gabbia era la città. Le sue strade sempre uguali erano il mio labirinto. Senza un filo a cui aggrapparmi. Senza più nulla da vedere.

2.

Un giorno ricevetti una raccomandata dal distretto militare. Con un paio d'anni di ritardo si erano accorti di non avermi mai fatto la visita di leva.

In caserma il medico che doveva accertare le mie condizioni di salute interruppe la lettura del «Trotto Sportsman» un quarto d'ora dopo il mio arrivo nel suo ufficio.

«Come ce l'hai la pressione?», mi domandò.

«Non lo so, signore. Non me l'hanno mai presa».

«Be', alla tua età tutti hanno una pressione perfetta».

«Tutti?».

«Tutti, proprio tutti. Prenderla non serve». Scrisse qualcosa sulla mia cartella. Con la stessa cura mi fece gli esami della vista, delle urine e del sangue.

«Bene», disse, «si consideri abile e arruolato».

La visita non era durata più di due minuti. Evidentemente stavano cercando di recuperare il tempo perduto.

Feci per uscire, ma sulla porta notai un manifesto. Era un bando di concorso per allievi ufficiali di complemento. Forse dopotutto c'era la possibilità di guadagnarci qualcosa, pensai.

«Quali sono i requisiti necessari per partecipare a quel concorso?», chiesi all'emulo di Albert Schweitzer. Aveva appena ripreso la lettura di un articolo intitolato OTTOBRUNGAL SPRINTA AL MOMENTO GIUSTO E RIENTRA COL BOTTO.

«Generali in famiglia ne hai?».

«No».

«Assessori, ministri, segretari di partito?».

«Neppure».

«Vescovi, cardinali, preti?».
«Macché».
«Allora rinunciaci. Quelle sono corse truccate. Non verresti neanche ammesso alla partenza».

3.

Poi venni a sapere che per chi faceva l'obiettore di coscienza c'era una specie di stipendio. L'equivalente della somma spesa dallo stato per il mantenimento di un soldato. Non ricordo bene la cifra. Dovevano essere all'incirca trecentomila lire al mese. I ragazzi in grigioverde conducevano una vita piuttosto spartana. La loro paga al netto di vitto, vestiario e alloggio si riduceva a sessantamila lire soltanto. Forse si suicidavano anche per quello. Feci un paio di conti. Il cibo non era un problema perché mangiavo pochissimo. I miei non mi avevano ancora sbattuto fuori di casa. Qualcosa da mettermi addosso ce l'avevo. Decisi di fare il servizio civile. Ogni uomo ha il suo prezzo. A me era bastata una differenza di duecentoquarantamila lire.

4.

La LOC - Lega Obiettori di Coscienza - aveva sede in uno scantinato ai margini della città. Alla fermata del bus qualcuno aveva scritto con lo spray: PERIFERIA, IL POSTO PIÙ SCHIFOSO CHE CI SIA. Costeggiando i marciapiedi ingombri di rifiuti, raggiunsi un cortile dove due famiglie stavano litigando. Uomini, donne e bambini si urlavano insulti incomprensibili da un balcone all'altro. Un sottofondo di televisioni sparate a tutto volume faceva da colonna sonora. Lo scantinato era al fondo del cortile. Dentro ci trovai un paio di ragazzi coi sandali. Portavano la barba e i capelli lunghi. Gli obiettori standard. Io ero rasato a zero.

«Nazisti qua dentro non ne vogliamo!», mi urlò in faccia il meno non-violento dei due.

«Non accetteremo provocazioni, da qualsiasi parte provengano», aggiunse l'altro.

«Personalmente provengo dalla strada qua fuori», dissi. «Vorrei fare l'obiettore di coscienza».

«Cosa vuoi fare?», mi domandarono entrambi.

«L'obiettore di coscienza».

I due si guardarono stupiti.

«Tu vuoi fare l'obiettore di coscienza?», ripeterono insieme.

«Sì, io sì. E voi?».

Tornarono a guardarsi. Erano identici. Sembrava si specchiassero l'uno nell'altro.

«Be', noi siamo obiettori di coscienza», mi disse quello che somigliava leggermente di più alla brutta copia di Che Guevara. «Scusaci per l'aggressione, ma ti avevamo scambiato per uno del Fronte».

Costernati, mi spiegarono tutto. Avrei dovuto fare domanda a Roma, al ministero della Difesa, chiedendo di prestare servizio civile presso un ente convenzionato di mia scelta. Un'apposita commissione si sarebbe occupata di decidere della mia sorte. La domanda poteva essere accettata o respinta. L'ente cambiato oppure no. Non si sapeva bene perché. Forse tiravano a sorte tra la posta ricevuta, come nelle lotterie televisive. L'unica cosa certa era che volevano scoraggiare il maggior numero di persone possibile dal fare il servizio civile.

Su di un registro i guevaristi avevano annotato l'elenco di tutti gli enti convenzionati con il ministero della Difesa. Decisi di scegliere in partenza il posto più sfigato, in modo che quelli della commissione non avessero niente di peggio con cui sostituirlo. Scorsi a lungo la lista. C'era di tutto. Ospedali, case di riposo, parchi, biblioteche. Un numero segnato a fianco di ogni ente indicava la cifra di aspiranti obiettori che lo avevano scelto. In testa alle preferenze stavano Italia Nostra e il WWF. Io optai per la chance meno gettonata in assoluto: il Centro Accoglienza Nomadi ed Extracomunitari o CANE, dipendente dall'amministrazione comunale.

5.

A casa buttai giù la domanda. Scrissi tutto quanto mi passava per la testa a proposito di pace, fame nel mondo, guerre nucleari, solidarietà e libertà. I barbudos alla LOC mi avevano avvertito di non addurre motivazioni politiche. La cosa sarebbe stata automaticamente respinta e io sarei stato schedato come potenziale terrorista.

Quando finii, rilessi il capolavoro. Sembrava un articolo dell'«Osservatore Romano» con le solite cazzate. Però ero riuscito a esporre le ragioni per cui mi dichiaravo obiettore di coscienza senza menzionare i notevoli vantaggi economici di tutta quanta la faccenda.

6.

Alla posta quel giorno pagavano le pensioni. Tentai di mettermi in coda ma nessuno dei vecchietti la rispettava. Tutti si facevano largo a gomitate, urlando e bestemmiando sino a restare senza voce. Nella civile società occidentale, post-moderna, post-industriale, post-ognicosa, una volta diventati improduttivi ci si riduceva così: a scannarsi per due soldi in modo da non finire sulla strada. Sempre che sulla strada non ci si trovasse già. Dopo un paio d'ore venne il mio turno.

«Guardi che per ritirare la pensione del nonno ci vuole la delega», mi disse prima che potessi aprire bocca il servizio postale, incarnatosi in un soggetto maschio sulla trentina, obeso, affetto da calvizie incipiente, barba lunga, occhiaie, lineamenti alterati da diversi tic nervosi, chiaramente sull'orlo dell'esaurimento.

«Devo fare una raccomandata». Il servizio postale rimase paralizzato per qualche secondo.

Poi si riprese. «Per dove?».

«Roma, ministero della Difesa».

«Le consiglio un espresso».

«Preferisco la raccomandata».

«L'espresso è più che sufficiente».

«Senta, io voglio che questa busta parta come raccomandata, non via espresso».

Sul volto gli esplosero un paio di tic supplementari.

«Le costerà di più».

«Non me ne importa niente di quanto possa costare. Voglio solo fare una raccomandata».

Riuscendo a stento a controllarsi, l'obeso postale appose sulla busta il timbro RACCOMANDATA. Compilai la ricevuta di ritorno, pagai e uscii. L'impiegato era in lacrime.

Fuori dall'ufficio c'era il sole. Pensai di tornare a casa a piedi. Non avevo voglia di inscatolarmi su un tram. Mentre camminavo mi vedevo già milite assolto al termine dei miei venti mesi di servizio civile. Non dovevo fare altro che aspettare la risposta da Roma. Tre mesi al massimo, secondo la legge.

7.

Aspettai più di un anno.

Intanto secondo le disposizioni del ministero della Difesa non dovevo cercare lavoro. Del resto in quella situazione nessuno mi avrebbe assunto comunque. La cartolina precetto sarebbe potuta arrivare in qualsiasi momento.

L'impossibilità di lavorare sinceramente non mi dispiaceva moltissimo. Tutte le mattine dormivo fino alle dieci. Poi leggevo tutto il giorno. Hemingway. Fitzgerald. Ginsberg. Ma con mio padre litigavo ogni sera.

«Non hai voglia di fare un cazzo, tu», sbraitava, insieme a TeleMike che dalla televisione dispensava milioni, auto e pellicce a tutto volume.

«Devo aspettare la risposta da Roma».

«Alla tua età la gente pensa a fare carriera e tu non fai altro che leggere».

«Credo che i libri siano più importanti dei soldi».

«Già, più importanti. La parola carriera a tuo figlio non piace, non è vero moglie?».

Mia madre non diceva nulla. A me in realtà la parola carriera spaventava. Sapevo di essere figlio di operai e di dovermi dare da fare, ma non mi interessava fare carriera, stritolato sotto vuoto spinto da un meccanismo costruito su misura fuori misura per me. Non era la fatica a spaventarmi. Avevo paura di scaraventarmi da solo in una prigione per poi gettarne le chiavi con le mie stesse mani, come accadeva nei sogni. Mio padre invece era ossessionato dalla parola carriera. Non poteva permettersi di mandarmi alla Bocconi ma sperava almeno di vedermi diventare uno di quei capireparto che alla FIAT lo avevano frustrato per tutta l'esistenza. Nel frattempo litigavamo ogni sera davanti a TeleMike.

8.

Così nell'attesa mi venne in mente che potevo iscrivermi all'università. Scelsi Lettere e Filosofia, pensando che in quella facoltà mi sarei trovato bene. Tutti i rampanti che da grandi sognavano di fare i manager preferivano buttarsi su Economia e Commercio, Informatica o Giurisprudenza. Le prospettive di scalata sociale dopo la laurea non mi importavano granché. Forse era meglio studiare qualcosa di interessante insieme ad altri esseri umani, piuttosto che ritrovarsi sugli stessi banchi insieme a tanti futuri squali in gessato grigio e ventiquattrore, intenti a imparare i mille e uno modi di fregare il prossimo.

I soldi per l'iscrizione li chiesi in prestito a mia madre. Poi una mattina mi alzai presto e andai alla segreteria dell'università. La gente in coda davanti allo sportello di Lettere e Filosofia sembrava uguale a quella davanti agli sportelli di Giurisprudenza, Informatica o Economia e Commercio. Be', pensai, frequentando le lezioni li conoscerò meglio. Sarà pieno di giovani poeti filosofi. Oh sì.

9.

L'università era un grande parallelepipedo in vetro e cemento armato, proprio come il palazzo dell'ONU, ma coricato su un fianco, sporco e senza New York attorno. Tutto in quel posto era grigio: grigio acciaio, grigio topo, grigio perla. I corridoi erano grigioverdi. Gli ascensori grigio fumo. Le pareti delle aule grigio chiaro. Ma la merda lasciata a seccare nei cessi dai giovani poeti filosofi che non tiravano l'acqua era marrone.

10.

Iniziai a frequentare le lezioni. Ben presto scoprii che esistevano appena un paio di corsi veramente interessanti, mentre l'obiettivo principale degli altri era di fare acquistare agli studenti i libri scritti dal professore.

Il bar di fronte all'università era costantemente affollato ma io non potevo permettermi i suoi prezzi. Sembrava che tutti i poeti filosofi avessero più soldi di me, per non parlare dei rampanti iscritti a Giurisprudenza. Di solito arrivavano verso le dieci del mattino sulle loro Toyota nuove fiammanti, parcheggiavano in seconda o terza fila e attaccavano con gli aperitivi al banco. Le mie apparizioni erano un po' meno brillanti. Scendevo da un tram sferragliante celando nel giubbotto una lattina di birra e l'enorme panino al gorgonzola che avevo portato da casa. Durante la pausa di mezzogiorno giravo per tutto l'edificio alla ricerca di un'aula vuota dove nascondermi a mangiare in solitudine.

Un giorno che l'università pareva scoppiare di gente mi rifugiai col mio panino nell'aula 36. L'aula 36 era la più buia in assoluto. Aveva i vetri oscurati in modo da permettere la proiezione dei film durante il corso di Storia del Cinema. Salii le scale tra i banchi e andai a sedermi nelle ultime file. Dentro il bomber tenevo tutto il necessario: un quaderno, una matita, una copia di *Ecce homo*, il panino e la birra. Addentai il gorgonzola fissando la luce proveniente dalla porta spalancata sul corridoio. Si stava bene soli nel buio. Aprii la lattina. Poi una voce ruppe il silenzio alle mie spalle.

«Di che anno sei?».

Mi guardai attorno. Nell'oscurità riconobbi a stento un tipo che avevo visto alle lezioni di Morale. Portava una specie di barbetta bionda e indossava una giacca di velluto. Il prototipo del poeta filosofo.

«Di che anno sei?», mi domandò una seconda volta.

«Matricola», risposi, arrossendo. I panini della mamma mi avevano sempre imbarazzato.

«Anch'io sono al primo anno», disse lui, scendendo le scale e venendo a sedersi accanto a me. Mi tese la mano.

«Il mio nome è Alessandro. Alessandro Castracan».

«Piacere», gli strinsi l'arto. «Io sono Walter».

«Io sono. Parole grosse. Non è mica così semplice. Ritieni di essere Walter in senso cartesiano o heideggeriano?».

L'aula si fece più buia. Nascosi il panino al gorgonzola sotto il banco.

«Be', ecco, il mio nome è Walter. Tutto lì».

«Naturalmente. Tu però sei Walter nel senso di esserci, Dasein, e ritrovandoti gettato nel mondo, in quanto uomo, ti poni la domanda sull'essere, giusto?».

Assentii debolmente con la testa. Il mio stomaco si lamentava rumorosamente, quasi grugniva.

«Per fortuna. Avevo paura che ti riferissi all'essere Walter da un punto di vista cartesiano o peggio ancora, vero, hegeliano».

«Oh, no». Perché era capitato proprio a me? La citazione umana.

«Non sopporto Hegel», mi disse, digrignando i denti. Una luce omicida brillava nei suoi occhi. Nel buio notai che aveva un'inquietante somiglianza con Bela Lugosi. «Hegel è il principio di tutti i mali del nostro secolo. Tutte le dittature sono figlie di Hegel. Bisognerebbe proibirne assolutamente lo studio, organizzare roghi e bruciare ogni singola copia dei suoi testi protonazicomunisti».

A quel punto il mio stomaco grugnì senza ritegno. Ma una voce lo interruppe.

«Alessandro! Ecco dove ti sei cacciato!».

Entrambi ci voltammo verso il corridoio. Sulla porta era comparsa una ragazza. In controluce non riuscivo a distinguerne i lineamenti.

«Cristina! Arrivo subito!», esclamò Bela Lugosi. Poi mi sorrise. «Le ragazze. Non riesci a togliertele di dosso. Ci vediamo a Morale allora. Ciao».

Aspettai che si allontanassero per recuperare il panino da sotto il banco. Probabilmente si era impolverato ma in quel buio non si vedeva.

11.

Per quanto mi riguardava, togliermi le ragazze di dosso non era mai stato un problema. Più che altro addosso non mi erano mai venute. All'università mi resi conto di essere tagliato fuori dalla grande caccia alla fica che si teneva a ogni inaugurazione di anno accademico. Le ragazze volevano uomini veri, abbronzati, sicuri di sé. Gente con la macchina giusta e i vestiti firmati. Oppure, molto più raramente, cercavano tipi impegnati, coinvolti, politicizzati, con le idee chiare e quell'aria particolare da revolucionarios. Io non appartenevo a nessuna delle due squadre. Non frequentavo alcun circolo autogestito. Non sapevo ballare. Non conoscevo le parole chiave. Non potevo dire a una: ehi, bellezza, perché non andiamo in qualche bel locale sulla mia Feroza questa sera? Non bazzicavo i bei locali alla moda e non possedevo neppure un motorino. Inoltre le donne mi mettevano in agitazione. Non avevo mai scopato e non ero sicuro di come ci si comportasse a letto. Che fare nel caso di una DEFLORAZIONE? Dove si trovava esattamente l'IMENE? Quali erano le caratteristiche più importanti del CLITORIDE? E se fossi stato uno di quelli con l'EIACULAZIONE PRECOCE?

Giornali e settimanali pubblicavano periodicamente inchieste dalle quali risultava che i ragazzi e le ragazze della mia generazione scopavano giovanissimi. La maggioranza degli intervistati ci dava dentro col sesso orale fin dai sedici anni. A diciassette avevano il loro primo rapporto completo. Molti a diciotto erano già nauseati dalla carne e passavano alla coca. Io a ventuno ero ancora vergine.

12.

In compenso avevo sempre attirato i froci. A tonnellate. Una mattina stavo seguendo una lezione di Estetica quando notai che due fari azzurri mi stavano fissando da un banco sulla destra. Erano gli occhi di un ragazzo. Mentre ascoltavo il docente rispondere a una domanda sul concetto di peccato, sentivo quegli occhi passarmi da parte a parte. Cercai di non farci caso. Magari stava puntando una ragazza alle mie spalle. Mi voltai. Zero ragazze alle mie spalle. D'accordo, pensai, facciamo finta di niente. Ma non ci riuscivo. Di tanto in tanto controllavo se i fari azzurri fossero ancora lì e quelli c'erano ogni volta, non mancavano mai. Poi la lezione finì. Raccolsi i miei libri. Con la coda dell'occhio mi accorsi che il tipo era sparito. Per fortuna. Scesi le scale di corsa e uscii.

«Scusa!», esclamò una voce sinuosa dietro di me. «Posso parlarti un attimo?».

Era lui. Mi aveva preceduto in corridoio. Abbronzato. Profumato. Capelli nerissimi. Un bel ragazzo.

«Parlarmi?», dissi. Mi sentivo confuso.

«Sì, per via degli appunti. Volevo chiederti se per caso non potessi passarmi quelli delle lezioni precedenti, che io non ho frequentato».

«Be', non prendo molti appunti di solito».

«Ah no? Birichino. A proposito, io sono Andrea». Mi porse la mano.

«Walter, piacere». Gliela strinsi. Ero tutto sudato.

«Piacere mio», disse lui, sottolineando PIACERE e MIO.

«Adesso scusami ma devo proprio scappare».

«Di già? Perché non prendi qualcosa insieme a me al bar?».

«No, grazie. Devo vedere la mia ragazza».

«Contento tu», sbuffò lui, trapanandomi con gli occhi.

13.

Nel frattempo da Roma non ricevevo nessuna risposta. La sera tornavo a casa dall'università e da uno sguardo di mia madre capivo che non c'era nessuna lettera ad aspettarmi. Mio padre invece era sempre lì.

«Si può sapere quando ti deciderai a fare il militare?», esordiva a tavola, mentre dallo schermo Tele-Mike sbraitava le sue stronzate a tutto volume.

«Non dipende da me. Sto aspettando la cartolina».

«A quest'ora dovresti già esserti congedato, non è vero moglie?».

Mia madre condiva l'insalata.

«Se mi avessi ascoltato la tua carriera potrebbe essere iniziata da un pezzo».

«E allora?».

«E allora devi capire che soltanto i soldi contano nella vita. I soldi, i soldi, i soldi. Mettitelo in testa. Gente che ha cominciato con una carrozzeria adesso è padrona di mezza Italia, ricordatelo».

Ripeteva di continuo le stesse cose. Mi faceva pensare ai titoli che ultimamente si erano succeduti sui giornali:

GIOVANE DELLA VERONA BENE
UCCIDE IL PADRE A MARTELLATE...
PER ENTRARE IN POSSESSO DELL'EREDITÀ

Nel mio caso di eredità non si sarebbe parlato ma almeno avrei potuto mangiare tranquillo.

«Alla tua età devi pensare a fare le scarpe agli altri, anziché perdere tempo sui libri».

Mia madre lavava i piatti.

«Ma lo sa che lei è proprio fortunato?», chiedeva TeleMike al deficiente di turno.

14.

Fortunatamente c'era Carlotta, mia zia. L'unica persona con cui riuscissi a parlare. Insieme a lei avevo trascorso le lunghe estati della mia infanzia. Abitava la casa dei nonni, in campagna. La sua allegria, le storie che mi raccontava, quelle stanze dipinte di bianco erano diventate il mio rifugio, lontano dal perenne cattivo umore di mio padre. Una sera le telefonai.

«Sono contenta di sentirti», mi disse. «Ma cosa c'è che non va?».

«Tutto... Sono stanco di tutto».

«Esagerato. Come fai a dire così a vent'anni?».

«Mi sento sempre fuori posto».

«Alla tua età è normale sentirsi così».

«Non so chi sono. Non so cosa farò di qui a un mese. Le ragazze non mi cagano. E mio padre non molla mai».

«Lascialo perdere. Cerca di stare sereno. Sei giovane, sensibile, intelligente. Ho fiducia in te».

«Sul serio?».

«Ma certo».

Io di fiducia in me stesso non ne avevo neanche un po'. Mi faceva bene sentire che qualcuno ne avesse.

15.

Un pomeriggio d'inverno uscendo da lezione incontrai Enza. Non ci eravamo più visti dalla fine della scuola. Adesso portava i capelli sparati color verde mela. Per la maturità li aveva tinti rosso carminio oppure blu oltremare, non ricordavo esattamente. Ma verde mela le stavano meglio. Nel buio erano quasi fosforescenti.

«Ciao Walter. Com'è?».

«Torno ora dall'università».

«E cosa ci sei andato a fare?».

«Mi sono iscritto. Seguo le lezioni».

«Ti sei iscritto?». Sembrava avesse di fronte un marziano.

«Sì, da un mese. Lettere e Filosofia».

«Madonna! Ecco perché non ti abbiamo più beccato in giro».

«Già. E tu?».

Mi mostrò i suoi Doc Marten's. Erano d'argento.

«Ti piacciono? Dipinti io. Con lo spray».

«Stupendi».

«Qui così non li ha nessuno. E a Londra li trovi solo da Vivienne Westwood. L'ho letto su "The Face"».

«Sembri un'astronauta».

«Appena tiro su moneta mi faccio un paio di zeppe. Un bel paio di zeppe da zoccola. A Londra vanno un casino».

«E dove le trovi?».

«Al Balòn».

Rimanemmo un poco in silenzio. Avevamo esaurito l'argomento numero uno, vestiti e accessori. Era sempre pericoloso con i miei coetanei esaurire l'argomento vestiti e accessori. Inevitabilmente seguivano lunghi istanti di vuoto. Il bar davanti all'università era stracolmo di futuri manager con le loro donne vacanziere alle Maldive. Da qualche parte nel mondo stavano nascendo i loro camerieri filippini.

«Prendi qualcosa al bar?».

«Là dentro? Nemmeno morta. E poi sto aspettando il Lurido».

«Il Lurido?».

«È un pusher. Vende del fumo pazzesco. Ogni tanto me ne regala un po'. Avevamo un gancio alle sei. Spero non se ne sia dimenticato».

«Questa sera cosa fai?».

«Boh, non so. Se tutto va bene una canna. Domani sera però inaugurano la stagione allo Space-Lab. Perché non vieni anche tu?».

«Costa troppo».

«Ma va. Ti lascio un invito alla cassa. Vieni?».

«D'accordo».

Ci salutammo. Andandomene incontrai un tipo che non avevo mai visto. Incrociandomi sorrise. Mi voltai e stava parlando con Enza. Dall'aspetto doveva essere il Lurido.

16.

Andavo in discoteca più o meno una volta all'anno, e ogni volta mi chiedevo fino a che punto fossi annoiato e privo di idee per ritornarci.

Quella sera arrivai davanti allo Space-Lab verso le undici e mezza. Non c'era traccia di coda di fronte alla porta. Aspettai circa quaranta minuti. Non si faceva vivo nessuno. Iniziai a pensare che Enza si fosse sbagliata o che io non avessi capito bene. A mezzanotte e venti, ormai congelato, decisi di suonare il campanello d'ingresso. Evidentemente erano già tutti dentro. Due occhi mi scrutarono dallo spioncino. La porta si aprì. Un muro di musica mi bloccò sulla soglia del locale. Tre o quattro culturisti con la scritta nera SECURITY sulle T-shirt bianche mi guardarono come se fossi una specie di strano animale. Ero confuso.

«Cerchi qualcuno?», mi chiese il più grosso del gruppo, la fronte bassa, il collo taurino, con un caimano tatuato sull'avambraccio.

«Ho l'invito per l'inaugurazione alla cassa».

«Non vorrai mica entrare a quest'ora?».

«Perché, sono in ritardo?».

I replicanti della SECURITY si misero a ridere.

«Oh no, no che non sei in ritardo».

Mi fecero entrare. La musica mi arrivava dritta allo stomaco da sotto le scale.

«Enza si è già vista?», domandai al toro tatuato.

«No, non ancora», disse lui, e tutti sghignazzarono. Forse mi aveva cacato in testa un piccione. Non capivo cosa ci fosse che non funzionava eppure qualcosa non funzionava. Scendendo le scale mi controllai agli specchi lungo le pareti. Be', almeno non si trattava di merda di piccione. Poi raggiunsi la pista. Era totalmente vuota. Il DJ sparava house-music a un volume pazzesco ma lo faceva nel vuoto. Pensai di chiedere al barista. Stava sistemando delle casse di birra nel frigorifero sotto al banco.

«COME MAI NON C'È NESSUNO?», gli urlai, indicandogli la sala deserta.

«COME DICI?», urlò lui.

«COME MAI NON C'È NESSUNO?».

«È ANCORA PRESTO».

Guardai l'orologio. La mezza era passata da un pezzo.

«A CHE ORA ARRIVANO GLI ALTRI?», urlai.

«NON LO SO. VERSO LE DUE. I PRIMI DI SOLITO SI FANNO VEDERE ALLE DUE. TU CHE CI FAI QUI?».

«NON PENSAVO INIZIASSE COSÌ TARDI».

Lui si fermò un attimo a guardarmi. Poi tornò a sistemare le birre.

«COME MAI INIZIA COSÌ TARDI?».

«È NORMALE. PIÙ TARDI SI ARRIVA E MEGLIO È. ARRIVARE TROPPO PRESTO SIGNIFICA FARE LA FIGURA DEL COGLIONE».

Ora sapevo perché tutti ridevano su all'entrata. Mi venne voglia di salire a spaccare il culo a quegli stronzi. Vidi i titoli della cronaca cittadina nei giornali della mattina successiva:

ARRESTATO OBIETTORE DI COSCIENZA
DI SESSANTACINQUE CHILI PER AVER
TENTATO L'AGGRESSIONE A QUATTRO
CULTURISTI DA CENTO CHILI L'UNO.

Lasciai perdere e ordinai una birra.

«IL BAR APRE TRA UN'ORA E MEZZA», mi urlò il barista.

Andai a sedermi sulle gradinate del locale vuoto, grigio e spoglio.

17.

La serata si intitolava SEXUAL PERVERSION FROM A PLANET OF ALLUPATION. Stordito dalla musica e dal sonno, vidi comparire intorno alle due i primi animali notturni. Le ragazze erano addobbate come alberi di natale sado-maso. I ragazzi - che costituivano la maggioranza della folla - sembravano caricature di travestiti transessuali. Il volume della musica aveva continuato a salire sempre di più. Gli organi interni mi vibravano tutti, dalla milza fino al cervello. Quando la sala si fu riempita, verso le due e mezza, qualcuno iniziò a ballare. Immediatamente la pista venne presa d'assalto. Due tipi iniziarono a dimenarsi proprio davanti a me. Uno indossava una canottiera di maglie di metallo completa di boa di struzzo fosforescente attorno al collo, rossetto fucsia e minigonna. L'altro era a torso nudo, con un paio di pantaloni in pelle nera aderentissimi su delle zeppe leopardate alte una decina di centimetri. Ballando mimava un pompino con una bottiglia di coca-cola. Probabilmente di giorno faceva l'assicuratore o il bancario.

«SCATENIAMOCI RAGAZZI! GODIAMOCELA TUTTA!», urlò sopra la musica il DJ col suo microfono. La folla rispose con un boato. Le luci cambiavano di colore e intensità continuamente. Nessuno parlava. Quelli che non ballavano si limitavano a guardare la gente in pista, battendo il piede a tempo.

Verso le tre andai a farmi un giro per il locale e incontrai Enza insieme a Ciccio. Ciccio era il suo ragazzo e lavorava presso una ditta di trasporti come pony-express. Con loro c'era anche il Lurido.

«CIAO WALTER! TI STAI DIVERTENDO?», mi urlò Enza.

«UN CASINO. E VOI?».

«DA MORIRE. TI HO GIÀ FATTO VEDERE I MIEI DOC MARTEN'S D'ARGENTO?».

«SÌ. SONO BELLISSIMI».

«QUI NON LI HA NESSUNO. A LONDRA LI FA VIVIENNE WESTWOOD».

«STUPENDI».

Per dieci minuti o giù di lì nessuno disse niente. Guardammo gli altri ballare. Enza e Ciccio barcollavano. Il Lurido si era acceso una sigaretta. Poi Ciccio mi prese per un braccio.

«EHI WALTER, TI PRESENTO IL LURIDO. LURIDO, LUI È WALTER». Il Lurido mi tese la mano, sorridendo.

«CI CONOSCIAMO GIÀ», urlai io, senza stringergliela. Lui smise di sorridere.

«NOI ANDIAMO A CASA DEL LURIDO. VIENI CON NOI?», mi chiese Enza. Faceva fatica a stare in piedi.

«NO, GRAZIE. PREFERISCO STARE QUI».

Ci lasciammo senza salutarci. Enza dovette appoggiarsi a Ciccio per salire le scale. Io tornai verso la pista. Il DJ era cambiato ma la musica scorreva via monotona e assordante sempre uguale a se stessa. Nessuno parlava. Quando avevo avuto quattordici anni mi ero immaginato la vita brillante dei locali notturni, gli incontri interessanti, le donne misteriose, sensuali. Adesso tutto mi appariva soltanto vuoto, grigio, spoglio. A un certo punto mi accorsi che il bancario in canottiera di metallo e minigonna mi stava sorridendo, appoggiato a una colonna, un paio di metri più in là. Mollai tutto e me ne andai.

18.

«Conosci Ricoeur?».

«Hmmm... No, non proprio».

«Non hai letto il suo studio su Jaspers?».

«No, mi sembra di non ricordarlo...».

«E la sua Introduzione alle *Idee* di Husserl?».

Ero seduto al bar di fronte all'università insieme a

Castracan e tentavo di mascherare in qualche modo la mia ignoranza. Inutilmente.

«No, non ho letto neanche quella».

«Comunque la sua opera più interessante è il *Conflitto delle interpretazioni*. Immagino che tu la conosca, vero?».

«Be', gli ho dato un'occhiata... Ma tu come sei messo con il militare?».

Castracan rimase paralizzato per un attimo, senz'altro colpito dalla profondità del mio intervento.

«In che senso come sono messo con il militare?».

«Voglio dire, l'hai già fatto o lo devi fare?».

«Per il momento ho ottenuto il rinvio. Perché me lo chiedi?». Forse ero riuscito a distogliere i suoi pensieri dal *Dizionario di filosofia* di Nicola Abbagnano, UTET, quattro volumi con illustrazioni in bianco e nero, ennesima ristampa.

«Io ho fatto domanda per il servizio civile ma dal ministero non mi hanno risposto ancora nulla».

«Servizio civile? Interessante. Dopo aver letto Bonhoeffer penso che oggi come oggi sia una scelta doverosa. Tu conosci *L'Atto e l'essere*?».

Non c'era niente da fare.

«A grandi linee. Più che altro sono preoccupato. Non vorrei che la mia domanda venisse respinta».

«Certo la tua volontà dovrebbe essere rispettata. Scegliendo di prestare servizio civile tu ti costituisci come soggetto morale e razionale. Kierkegaard è molto chiaro su questo punto. In *Aut-Aut*...».

Smisi di ascoltarlo. Forse avevo fatto male a iscrivermi all'università. Se non ero in grado di sostenere una conversazione con Castracan come avrei potuto passare gli esami? Studiare non sarebbe bastato. Mi chiesi come aveva fatto Castracan. La citazione umana. Dove aveva trovato il tempo per memorizzare tutti quei dati? Doveva pure dormire, mangìare, cacare, lavarsi i denti, le orecchie, l'ombelico, tagliarsi le unghie dei piedi.

«... da un punto di vista etico comunque mi sento molto vicino alle posizioni di Adorno e Horkheimer...».

Al tavolo dietro al nostro erano seduti quattro futuri avvocati, commercialisti, consulenti finanziari o comunque delinquenti. Parlavano di barche. Ciascuno di loro sosteneva di avercela più lunga degli altri. Molto freudiano, se Castracan mi avesse fatto passare la citazione.

Al tavolo davanti al nostro erano sedute quattro future consorti dei suddetti ladri e rapinatori. Naturalmente parlavano di vestiti. Facevano a gara su chi avesse l'armadio più pieno.

Io non sapevo di che parlare.

19.

Stare in casa era diventato praticamente impossibile.

«Dov'è tuo figlio?», sentivo gridare dalla mia stanza, dove cercavo di concentrarmi sulla *Nascita della tragedia* di Nietzsche. Mia madre stirava in cucina senza rispondere nulla.

«Dovrebbe cercarsi un lavoro, invece di leggere quelle cazzate. Leggere non serve a niente nella vita».

Mio padre aveva sempre coltivato poche ma chiare idee sulla vita.

«I libri sono tutte stronzate. Soltanto la carriera conta».

Riuscire a concentrarsi era un'impresa disperata.

GIOVANE DELLA VERONA BENE
UCCIDE IL PADRE A MARTELLATE...
PER ENTRARE IN POSSESSO DELL'EREDITÀ

«Scommetto che non darà nemmeno un esame in quella cazzo di università. Vedrai se mi sbaglio».

Presi il fucile del nonno dove sapevo. Insieme all'arma trovai le cartucce. Era un fucile da caccia a cinque colpi, un automatico. Lo caricai. Attraversai il corridoio. Mi fermai un attimo di fronte alla porta della cucina. Mio padre stava urlando. La sua voce copriva il frastuono della televisione. Stavano trasmettendo il gioco di mezzogiorno condotto da Tele-Mike.

«È un buono a nulla, un fallito, una testa di cazzo!».

GIOVANE DELLA VERONA BENE...

Tolsi la sicura. Misi il dito sul grilletto. Aprii la porta. Lui e mia madre mi guardarono sorpresi.

«Che cazzo vuoi fare con quel fucile in mano, pezzo di...», iniziò a dire il vecchio.

Sparai. Uno. Due. Tre. Quattro. Cinque colpi...

«Vedrai se mi sbaglio. Non darà nemmeno un esame».

Decisi che sarei andato a studiare da Fiorio.

20.

Il caffè Fiorio era in via Po. Avevo iniziato a frequentarlo insieme a Enza e Ciccio, ai tempi della scuola. Ci andavamo tutti i pomeriggi a prendere il gelato. Alla fine eravamo diventati amici dei camerieri e della padrona. Eravamo quelli con i capelli strani, per loro: Enza fosforescente, Ciccio con la cresta e io rasato a zero. Ci lasciavano persino sedere ai tavoli senza consumare. Oppure ci facevano lo sconto e i nostri coni erano sempre più grossi degli altri. Così iniziai a studiare da Fiorio. Nelle sale al suo interno si studiava benissimo. L'ambiente era tranquillo, rilassato. Potevo rimanerci per ore senza che nessuno si lamentasse, anche se avevo preso soltanto un caffè o un bicchier d'acqua. I soffitti stuccati di bianco, il pavimento di legno, le sedie foderate di velluto... Era la casa più bella che avessi mai abitato. Per risparmiare avevo fotocopiato i libri per l'esame di Storia della filosofia prendendoli in prestito alla Biblioteca Nazionale. Erano vecchie edizioni consumate dall'uso. Studiando mi chiedevo quali occhi avessero letto quelle stesse pagine ingiallite dal tempo. Mi ero messo in testa che dei volumi così vecchi mi avrebbero portato fortuna.

La mattina dell'esame mi presentai all'università totalmente stravolto. Nell'ultima settimana per studiare non avevo praticamente dormito. Mi ero preparato in più di tre mesi. Una volta davanti alla commissione constatai di essere l'unico esaminando con i jeans e le scarpe da tennis. Gli altri poeti filosofi avevano pensato bene di ripulirsi. Erano tutti in giacca e cravatta, mentre le ragazze sfoggiavano per l'occasione minigonne cortissime. Io una giacca e una cravatta non le possedevo del tutto. Quanto alle gambe sarebbero risultate comunque troppo pelose.

Ripassai fino all'ultimo, poi venne il mio turno. Mi sedetti e posai il mio libretto sul tavolo. L'assistente del professore gli diede un'occhiata.

«Lei proviene da un istituto tecnico per geometri?», mi chiese, guardandomi negli occhi.

«Sì».

Ebbe uno strano sorriso.

«Vediamo come si studia la storia della filosofia nei cantieri edili», disse.

Sorrise anche il professore. Io no.

«Mi parli del paragrafo cinque della seconda edizione dell'*Estetica trascendentale* di Kant, riguardo all'esposizione trascendentale del concetto di tempo».

Rimasi di pietra. Di che cosa stava parlando? Qual era il paragrafo cinque? Non c'era nessun paragrafo cinque riguardante l'esposizione trascendentale del concetto di tempo sul libro che avevo studiato.

«Allora? Che cosa mi dice?».

«Be', per la verità non ho studiato nulla del genere».

«Che cosa?».

I poeti filosofi trattenevano il fiato.

«Non c'era nessun paragrafo cinque sull'esposizione trascendentale del concetto di tempo nel testo indicato dal programma d'esame», dissi.

Il professore prese la *Critica della ragion pura* che avevo appoggiato sul tavolo. La esaminò.

«Dove ha preso questo volume?».

«Alla Biblioteca Nazionale».

«In questa edizione manca il paragrafo cinque. Kant lo ha aggiunto nella ristampa successiva. Non pensavo avessero tradotto anche la prima versione. Lei dovrà ridare l'esame».

Io non dissi niente.

«Avanti il prossimo», disse l'assistente.

Capitolo secondo

1.

Quando ormai avevo perso ogni speranza di ricevere una risposta qualsiasi, da Roma arrivò una raccomandata. La mia domanda era stata accettata. Potevo considerarmi un obiettore di coscienza. Le richieste per fare il servizio civile tra gli zingari dovevano essere così poche che al ministero avevano preferito confermare la mia scelta: il CANE. Avrei dovuto presentarmi all'ufficio obiettori del comune la settimana seguente, sotto Pasqua. Fantastico, pensai, finalmente si comincia. Poi capii che quello per me in un certo senso era l'inizio della fine. Ancora pochi giorni e l'epoca della scuola sarebbe terminata per sempre. Mi sentivo depresso. Stavo invecchiando.

Il servizio civile non rappresentava altro che il buco attraverso cui sarei finito dritto sparato in quel cesso chiamato mondo del lavoro. Prima o dopo avrei venduto me stesso per uno stipendio mensile appena sufficiente a sopravvivere e pagare le rate della macchina, della lavastoviglie, del videoregistratore. Altro che carriera da carrozziere a mago della borsa. Sarei stato stritolato da un meccanismo omicida. Tre settimane di ferie all'anno. Otto ore di lavoro al giorno. Fine settimana libero, certo, giusto per guardare la televisione o andare alla partita. Non avrei più potuto disporre del mio tempo ma renderne conto a qualcun altro, spendendo quel poco che guadagnavo per comprare cose inutili prodotte da schiavi come me. Il cerchio sarebbe quadrato. Avrei lavorato sino alla vecchiaia e il giorno della pensione mi sarei accorto di essere malato di cancro. Ero proprio depresso.

Misi su *Problems* dei Sex Pistols e andai in cucina a caccia della nutella.

2.

I locali del comune erano pieni di impiegati immersi nella lettura del giornale. Tutti leggevano le pagine sportive, nessuno escluso. Avevano un forte senso della collettività. Veri missionari. L'ufficio obiettori di coscienza era in cima a una serie di rampe di scale tremenda. Quando lo raggiunsi, in preda a serie complicazioni cardio-respiratorie, mi trovai dinanzi a una fila di ragazzi convocati come me per quella mattina. Avevano tutti la barba e i capelli lunghi. Io mi ero nuovamente rasato a zero soltanto la sera prima. La porta dell'ufficio era chiusa. Dall'altra parte non giungevano rumori.

Dopo un'ora stavamo ancora aspettando. Erano le dieci e un quarto quando dalla tromba delle scale vedemmo spuntare un impiegato. Era alto, bruno, molto elegante, molto profumato. Lentamente si avvicinò alla porta dell'ufficio. Con un gesto elegante della mano la aprì. Poi si voltò verso di noi.

«Benvenuti in comune, ragazzi. Io mi chiamo Vanni e sono qui per occuparmi di voi. Chi è il primo?».

Uno dei barbudos alzò la mano.

«Bene. Entra pure con me», disse Vanni.

La porta si richiuse dietro di loro. Cominciamo bene, pensai. Oh sì, cominciamo proprio bene.

3.

Quando mi ritrovai seduto di fronte a Vanni mi resi conto che doveva essersi spruzzato addosso un'intera doccia di Denim.

«Bene, dunque tu sei Walter», disse, passandosi una mano nei capelli unti di gel.

«Esatto, Walter», dissi io, cogliendo un particolare che in un primo momento mi era completamente sfuggito. Vanni era strabico. L'occhio destro gli partiva del tutto.

«E hai chiesto di essere assegnato al Centro Accoglienza Nomadi ed Extracomunitari, non è vero?».

«Già, al CANE». Cercai di incontrare il suo sguardo. Impossibile. Non riuscivo a capire con quale dei due occhi mi stesse osservando.

«Sai dove si trova il loro ufficio?».

«No».

«Ecco l'indirizzo. Li ho già avvertiti del tuo arrivo e ti stanno aspettando».

«Fantastico», sorrisi. Anche lui mi sorrise, prendendomi una mano tra le sue e mettendoci un biglietto.

«Eccoti il mio numero di telefono. Per qualsiasi problema potrai rivolgerti a me».

Lessi il biglietto. Di numeri ce n'erano due.

«Il secondo è quello di casa», aggiunse lui. Tentò di lanciarmi uno sguardo allusivo ma finì per centrare in pieno il lampadario. «Per qualsiasi problema», sottolineò, «mi raccomando».

4.

Il capo del CANE era un tipo di nome Lupo. Entrando nel suo ufficio vidi che aveva scritto il suo nome dappertutto: sulla sua scrivania, sulla sua sedia, sulle sue biro, sulle sue gomme, sul suo righello... Lupo era molto magro ma sfoggiava una grossa, lunga barba che si portava alla bocca in continuazione. Notai che amava scaccolarsi in pubblico. Dopo averle appallottolate, si attaccava le caccole dietro la barba. Mi fece sedere. In cinque minuti tentò di spiegarmi tutto. Nell'ufficio sino ad allora avevano lavorato in due, lui e un altro obiettore. L'obiettore si occupava di zingari, Lupo di extracomunitari. In più c'era un usciere, che oltre a fare le parole crociate doveva tenere puliti i locali e bagnare le piante. Il problema principale con gli extracomunitari era quello di trovare un posto letto alle centinaia di stranieri che vivevano in strada ed erano costretti a passare la notte nelle stazioni o sotto i ponti. La maggior parte di loro viveva vendendo accendini e non poteva assolutamente permettersi una pensione. Nemmeno troppo tempo fa noi eravamo andati a prenderli nei loro paesi con fruste, catene e cannoni. Adesso erano loro a venire qui, con quello che gli avevamo lasciato: tappeti, collane di cuoio ed elefantini. La gente per strada si sentiva importunata. Voleva ordine. Pulizia. Il CANE gestiva un paio di dormitori, dove a turno si cercava di accogliere tutti, una settimana circa ogni mese. Per quanto riguardava gli zingari invece la questione più urgente era la scolarizzazione dei bambini. Mandarli alla scuola dell'obbligo era il solo modo per evitare che i genitori li costringessero a rubare. Io avrei dovuto occuparmi dei rapporti con le insegnanti insieme all'altro obiettore.

«Naturalmente», mi disse Lupo, «i tuoi primi giorni qui da noi saranno di studio. Non ti toccherà lavorare. Dovrai unicamente guardare e imparare».

Cominciò col darmi da fare trecento fotocopie.

5.

L'altro obiettore si chiamava Pasquale. Aveva un'aria seria e compunta. Portava barba e capelli lunghi. Durante i primi giorni non parlammo granché. Evidentemente Lupo era indietro con le fotocopie. Non riuscivo a staccarmi dalla macchina. Tra una fotocopia e l'altra vedevo spesso Pasquale leggere il giornale. Di solito arrivava in ufficio con tre testate: «Tuttosport», «La Gazzetta dello Sport» e «Il Corriere dello Sport». Desiderava tenersi informato.

«Tu di che squadra sei?», mi chiese un giorno.

«Veramente non seguo molto il calcio. Diciamo che mi è simpatico l'Amburgo».

«L'Amburgo? E perché?».

«Ha battuto la Juve in una finale di Coppa dei Campioni. A scuola ci eravamo fatti un sacco di risate».

«Che scuole hai fatto?».

«Sono geometra. Adesso vado all'università».

«Anch'io».

«Ah sì? Quale facoltà?».

«Architettura».

«Quanti esami hai dato?».

«Dieci».

Mi aveva surclassato. «Complimenti», gli dissi.

«Ma è da un po' che mi sono iscritto».

«Da quanto?».

«Dieci anni».

Pasquale era un po' più vecchio di me. Mi consolava. Tra una chiacchiera e l'altra scoprii che si era sposato con una tedesca, Saskia. Lei lo aveva mantenuto agli studi sin da quando si erano fidanzati. Grazie alla moglie Pasquale non aveva mai lavorato. Un tipo in gamba. A ventinove anni quello era il suo primo impiego. Cominciammo ad andare in mensa insieme. Dopo mangiato insisteva perché passassimo in una sala giochi che conosceva lui in via Garibaldi. Pasquale aveva la fissazione per i giochi elettronici. Spesso verso le cinque, quando era ora di uscire, telefonava alla moglie:

«Ciao Saskia, sono io. Guarda non me ne parlare, sono distrutto. Ho lavorato come un negro tutto il giorno». (Magari aveva letto i giornali e poi si era fatto una partita a carte con l'usciere.) «Senti, volevo dirti che oggi tarderò perché qui con il casino che abbiamo non so a che ora riuscirò a liberarmi. Va bene. Ciao. Ma sì che ti amo. Va bene. Ciao».

Poi ci precipitavamo giù per le scale e andavamo a giocare a Space Invaders in via Garibaldi. Lungo la strada Pasquale mi diceva di sentirsi oppresso da problemi esistenziali.

«Sai, mi sento un po' in colpa».

«Per via di tua moglie?».

«Ma va. Sono due settimane che non riesco ad andare oltre i quarantamila punti».

6.

Dopo Pasqua a parte le fotocopie la nostra occupazione principale diventò rispondere al telefono. Ricevevamo una quantità di chiamate. Per la maggior parte provenivano dalle scuole dove avevamo inserito i bambini nomadi. I campi sosta della città erano aperti soltanto agli zingari che mandavano a scuola i propri figli. Il problema era che le scuole non volevano bambini nomadi, i bambini non volevano andare a scuola, i genitori dei bambini italiani non volevano che i loro figli andassero a scuola insieme ai figli degli zingari, e i genitori zingari volevano mandare i figli a rubare invece che a scuola. Certe mattine a causa del telefono non riuscivamo neppure ad andare a pisciare. Naturalmente l'aspetto più duro e stressante di tutto quel lavoro erano le insegnanti.

«Pronto, parlo con il CANE?».

«Dica pure, signora», rispondevamo, quasi abbaiando.

«Senta, io sono l'insegnante Abruzzese, quella che si occupa dei nomadi».

«Sì signora, ci conosciamo». Magari era alla settima telefonata della settimana.

«Oggi i bambini si sono presentati a scuola sporchi».

«I bambini si presentano sporchi dappertutto, signora».

«Sì, ma oggi hanno anche le verruche».

«E allora?».

«In classe non voglio bambini con le verruche. Cioè, le mamme degli altri bambini protestano perché non vogliono che gli zingari contagino i loro figli».

«Capisco, signora. La visita medica per le verruche avrà luogo la prossima settimana. Dica alle mamme di avere pazienza per qualche giorno ancora».

«E se fossi io a prendermi le verruche? Non ho assolutamente intenzione di correre un rischio simile».

Ma non c'erano solo le verruche.
«Pronto, parlo con il CANE?».
«Sì, signora. Dica».
«Sono l'insegnante Pugliese. Voglio parlare con il vostro responsabile».
Da vecchia volpe, Lupo ci aveva ordinato di filtrare accuratamente le telefonate. Soprattutto quelle provenienti dalle scuole...
«In questo momento non è in ufficio, signora. Dica pure a me, gli lascerò un appunto sulla scrivania».
«Oggi i bambini nomadi si sono presentati a scuola senza merenda».
«Sì. E allora?».
«Gli altri bambini si lamentano perché hanno paura che i nomadi possano rubare le loro».
«Capisco. Che cosa vuole che facciamo, signora?».
«Penso che dovreste comprare la merenda ai bambini, prima di mandarli a scuola».
«Ma noi non siamo la mamma di tutti quei bambini».
«E io allora come devo regolarmi?».
Forse avrebbe potuto suicidarsi. Ma le insegnanti non si suicidavano mai. Anzi. Davano continui, preoccupanti segni di vita.
«Pronto, è il CANE che parla?». Era la Abruzzese, quella troia.
«Dica pure, signora».
«Senta, ho dovuto acquistare un paio di guanti per correggere i quaderni dei bambini nomadi».
«Un paio di guanti?».
«Certo. Non voglio mica prendermi le verruche, io».
«E allora?».
«Li ho pagati cinquemila lire. L'economato non ri-

tiene di potermi rimborsare la spesa. Così ho pensato di farmi ridare i soldi da voi».

Erano pazze.

7.

Tutte le mattine era la stessa storia. Arrivavamo in ufficio e cominciavano le telefonate.

«Pronto, voglio parlare con il CANE».

«Dica, signora», rispondevo, mentre mi si contraeva lo stomaco attorno alla colazione.

«Sono l'insegnante Calabrese».

«Sì, signora».

«Quest'oggi i bambini nomadi sono entrati in ritardo a scuola».

«Capisco».

«I bambini nomadi non devono entrare in ritardo».

«Gli altri bambini non entrano mai in ritardo?».

«Ma gli altri bambini non sono zingari».

«E questo che cosa c'entra?».

«Siete voi a dovervi preoccupare che la mattina si sveglino in orario».

Non potevo crederci.

«Come dice?».

«Voi dovete andarli a svegliare».

«Signora, noi siamo un ufficio pubblico, non Madre Teresa di Calcutta».

«La farò chiamare dal preside. Vedremo come andrà a finire questa storia».

Oltretutto le scuole facevano anche il tempo pieno. Continuavamo così per tutta la giornata.

8.

Poi capii perché Lupo scrivesse il proprio nome su ogni cosa di sua proprietà e pretendesse di avere più copie di ogni documento. Era un maniaco dell'ordine. Un maniaco ossessivo.

Un pomeriggio non mi accorsi di aver terminato la carta nella macchina fotocopiatrice. Mentre ero al telefono con una delle solite insegnanti, vidi arrivare di corsa Lupo. Era tutto rosso in volto.

«SEI STATO TU AD ADOPERARE LA FOTOCOPIATRICE PER ULTIMO!», mi urlò in faccia. Nella cornetta avevo la voce martellante della maestra. Stavo cercando di spiegarle il concetto di omonimia. Non eravamo stati noi a iscrivere due volte lo stesso alunno: gli alunni erano due e il fatto che ad ogni appello si ritrovasse sempre con un nomade in più in classe avrebbe dovuto perlomeno insospettirla.

«Guardi che non ho certo bisogno di essere istruita da lei», mi stava dicendo la futura premio Nobel.

«ADESSO IO DEVO FARE DELLE FOTOCOPIE IMPORTANTISSIME E LA CARTA È FINITA!».

Feci per dire a Lupo che in fondo bastava andare a comprarne una risma dal cartolaio di sotto. L'insegnante mi interruppe nuovamente.

«Evidentemente l'elenco dei nomi è errato e quei ragazzini se ne approfittano per farmi impazzire!».

«QUANDO SI FINISCE LA CARTA PRETENDO CHE LA COSA MI SIA COMUNICATA IMMEDIATAMENTE PER ISCRITTO!».

Era tutto rosso. Gli misi in mano la cornetta e andai alla cartoleria all'angolo, quella vicina al bar. Comprai la carta e mi feci una birra. Quando tornai su, Lupo stava ancora parlando con la maestra. Gli buttai la risma sul tavolo. Stavo facendo carriera a passi da gigante.

9.

Uscendo dall'ufficio alle cinque, riuscivo ad arrivare all'abitazione della mia famiglia per le sei o le sei e mezza. Sull'autobus mi rendevo conto di come non sempre la pubblicità condizionasse radicalmente i comportamenti delle masse. Il consumo di deodoranti ascellari ad esempio rimaneva bassissimo.

Raggiungevo casa in apnea. Nel cervello le voci di tutte le insegnanti del mondo si sovrapponevano agli squilli del telefono. Avevo giusto il tempo di farmi una doccia prima di cena. Quindi mio padre si impadroniva del suo infernale telecomando e attaccava con i quiz. Era un monomaniaco dei quiz.

«Guarda, quelli vincono milioni e tu non guadagni ancora una lira», mi faceva notare mentre mangiavamo.

«Mi vergognerei a guadagnare soldi così».

«Però non ti vergogni di non dare un contributo economico ai tuoi genitori, vero?».

«Da quando faccio il servizio civile vivo con trecentomila lire al mese. Non vi ho più chiesto niente».

«Ah sì? E tutto quello che mangi? E tutta l'acqua che consumi? Chiedi a tua madre quanto ci costi».

Mia madre condiva l'insalata.

Io non finivo neppure di mangiare e me ne andavo nella mia stanza. Le urla passavano anche le pareti. Mettevo su *Teenage Lobotomy* dei Ramones e cercavo di studiare. La mattina successiva la sveglia mi tirava giù dal letto ancora vestito, con i libri in mano e il disco fermo a impolverarsi sul piatto.

10.

Entravo in ufficio e Pasquale era già al telefono su una linea. Non avevo tempo di togliermi il giubbotto che iniziava a suonare l'altra.

«Pronto, sto parlando con il CANE?».

«Sì, signora», ringhiavo.

«Senta, sono l'insegnante Abruzzese». Era ancora viva.

«Desidera, signora?».

«I bambini nomadi non pregano all'inizio delle lezioni».

«Sono musulmani, signora».

«Che cosa sono?».

«Musulmani. È una religione».

«E perché non pregano allora?».

«Perché è un'altra religione, signora». Lo stomaco cominciava a farmi male.

«Siamo tutti figli di Dio. Devono pregare anche loro».

«E noi che cosa dovremmo fare secondo lei?». Ad esempio avremmo potuto strozzarla, da veri non-violenti.

«Convertirli. Se vogliono venire a scuola devono pregare come tutti gli altri. Convertiteli!».

11.

Iniziò la campagna elettorale.

Un giorno Lupo venne a chiederci un riassunto di tutti i dati possibili inerenti la scolarizzazione dei nomadi. Numero dei bambini, scuole coinvolte, frequenze, orari, rendimento scolastico, vaccinazioni, tutto. Con Pasquale impiegammo un pomeriggio intero a mettere insieme quei dati e batterli a macchina.

Una settimana più tardi comparve un articolo sul giornale. Sotto l'articolo c'era una fotografia di Lupo, sorridente, al telefono. La didascalia della foto diceva: IL RESPONSABILE DEL CANE È RIUSCITO CON IL SUO LAVORO A INSERIRE NELLE SCUOLE CITTADINE OLTRE CENTO BAMBINI NOMADI, SOTTRAENDOLI ALL'ACCATTONAGGIO E ALLA MICRODELINQUENZA. L'articolo continuava su quel tono, menzionando casualmente verso il fondo il partito nelle cui liste si sarebbe candidato Lupo alle elezioni. Evidentemente il giornalista era un suo amico. La manipolazione delle notizie ormai arrivava a toccare anche le verruche.

12.

Le elezioni si avvicinavano. Il CANE dipendeva da un assessorato. Anche l'assessore aveva bisogno di voti. Già. Ci dissero che dovevamo cercare un lavoro agli zingari più grandi, dai quindici anni in su. All'elettore medio non piaceva che un ufficio pubblico si occupasse di gente che non aveva mai lavorato né pagato una tassa. La gente sapeva che gli zingari vivevano mandando i figli a rubare e le mogli a leggere la mano per strada o ad elemosinare. Gli zingari adulti erano tutti grassi e avevano le mani lisce e senza calli. Passavano il tempo a scherzare, bere, giocare a carte e intascare la refurtiva. Sembravano quasi degli assessori comunali.

13.

Convocammo il loro capo in ufficio. Si chiamava Carlo. L'appuntamento era per un lunedì mattina. Si presentò da noi il venerdì pomeriggio successivo.

Quando entrò nella nostra stanza Pasquale abbandonò la macchina da scrivere alla quale stava lavorando e aprì immediatamente una finestra. Carlo era completamente ubriaco. Sudava grappa sotto forma di grosse gocce puzzolenti. Le dita delle sue mani erano coperte di enormi anelli d'oro massiccio. Quelle dei piedi invece erano incrostate di sporco misto a sangue. Carlo viaggiava su un paio di ciabatte infradito di plastica da spiaggia. Direttamente sulla canottiera indossava una giacca di panno verde da cacciatore tirolese e un paio di pantaloni scozzesi troppo corti per lui. Aveva stile.

«Cosa ti è capitato ai piedi, Carlo?», gli domandai.

«Ero ubriaco, capisci?». Cercò di trattenere un rutto con scarsissimi risultati.

«Sì».

«L'altro sabato sono stato al mercato. Ho visto delle scarpe. Mi piacevano e le ho comprate, capisci?».

«Sì».

«Ma ero ubriaco, giusto?».

Mi accorsi che aspettava una risposta.

«Giusto».

«Il numero delle scarpe era sbagliato. Ho camminato quattro giorni con un male ai piedi bestiale. Capisci?».

«Capisco. E non potevi togliere le scarpe?».

«No. Ero ubriaco. Non sapevo che era colpa delle scarpe. Capisci?».

Con molta fatica riuscimmo a spiegargli che tutti gli zingari sopra i quindici anni dovevano presentarsi da noi se volevano trovare un lavoro. In seguito li avremmo messi in contatto con una serie di ditte.

«Tu cosa vorresti fare?», chiesi a Carlo.

«Niente», disse lui, ridendo.

In un certo senso lo ammiravo. La sfolgorante ascesa di Donald Trump non aveva scalfito la sua fiducia in se stesso e il suo aplomb. Non si era fatto coinvolgere dalla sfrenata competitività degli anni Ottanta. Carlo non avrebbe mai cambiato modo di vestire per fare carriera. Non avrebbe mai dato via il culo per un posto in banca o alla FIAT. Aveva stile, al contrario di tanta gente, e non lo sapeva.

14.

Pensavamo che non si sarebbe presentato nessuno. Al contrario si presentarono a branchi. Ma dalle loro aspirazioni capimmo perché. Non avevano nessuna esperienza di lavoro ed era evidente.

«Che cosa sai fare?», chiedevamo a tutti.

«Niente», rispondevano tutti.

«E che cosa vuoi fare?», tornavamo a domandare.

«Il calciatore».

«Il presentatore».

«Tarzan».

«Zorro».

«Mike Bongiorno».

«Il pilota di Formula Uno». Anche loro guardavano troppa televisione.

Sentite le preferenze di ognuno, fissammo una serie di appuntamenti per colloqui di assunzione alle aspiranti star del piccolo schermo. Titoli di studio e curriculum vitae restringevano molto le opportunità di scelta. Le ditte con le quali si sarebbero dovuti mettere in contatto i candidati si occupavano di pulizie, imballaggi, produzione di materie plastiche.

15.

I colloqui di lavoro iniziarono. Sul giornale comparve un articolo. Sopra l'articolo avevano stampato una fotografia dell'assessore. La didascalia sotto la foto diceva: GRAZIE ALL'ASSESSORE SI È AVVIATO NELLA NOSTRA CITTÀ IL PRIMO PROGETTO DI INSERIMENTO DI NOMADI NEL MONDO DEL LAVORO. L'articolo continuava su quel tono. Verso il fondo il giornalista menzionava casualmente il partito di appartenenza dell'assessore. Qualche settimana dopo, terminati i colloqui, stilammo una tabella riassuntiva della situazione.

DRAGAN	ADDETTO SCUDERIE	SCARTATO DOPO COLLOQUIO
BORO	LAVAPIATTI	SCARTATO DOPO COLLOQUIO
RATKO	SALDATORE	HA RIFIUTATO L'OFFERTA
DZANI	CARPENTIERE	SCARTATO DOPO PROVA
NENAD	ADDETTO PULIZIE	SCARTATO DOPO COLLOQUIO
AVDO	ADDETTO CONSEGNE	NON SI È PRESENTATO
ALAGA	FACCHINO	SCARTATO DOPO COLLOQUIO
ZAHID	AIUTO BARISTA	SCARTATO DOPO COLLOQUIO
DAVID	LAVORAZIONE GOMMA	HA RIFIUTATO L'OFFERTA

KAHRO	FABBRO	SCARTATO DOPO COLLOQUIO
ALIDA	GIARDINIERE	SCARTATO DOPO COLLOQUIO
VAHID	AIUTANTE IDRAULICO	SCARTATO DOPO COLLOQUIO
VEJSIL	LAVAPIATTI	SCARTATO DOPO COLLOQUIO
RATKO	ADDETTO MANEGGIO	HA RIFIUTATO CAUSA ORARIO
AVDO	TUBISTA	HA RIFIUTATO CAUSA FATICA
MIRKO	AIUTO MACELLAIO	SCARTATO DOPO PROVA
RENATO	ADDETTO IMBALLAGGIO	NON SI È PRESENTATO

La tabella proseguiva così, per una decina di pagine. Sul giornale non comparve nessun articolo.

16.

Un pomeriggio stavo per andarmene a casa quando Enza entrò in ufficio. Barcollava. Aveva cambiato il colore dei capelli. Dal verde mela era passata al giallo canarino.

«Hai diecimila da prestarmi?», disse, senza salutarmi. Ondeggiava tutta, come l'ultima volta che l'avevo vista in discoteca. In tasca avevo ventimila lire. Dieci le diedi a lei. Guardava fisso nel vuoto.

«Perché non ti siedi?», le domandai.

«Volevo comprarmi una maglietta e mi mancavano diecimila lire. Te le ridò appena trovo un'occupazione».

«Non c'è problema».

«È una maglietta strafiga. Ti restituisco i soldi appena ho trovato un posto».

«D'accordo. Puoi sederti se vuoi».

Enza continuò a ondeggiare guardando fisso nel vuoto. Ondeggiava da destra a sinistra e poi da sinistra a destra, senza fermarsi.

«Vuoi prendere qualcosa? Abbiamo la macchinetta del caffè nello sgabuzzino».

«No, devo andare. Dovresti vedere che maglietta. Strafiga».

Non c'era niente da fare. Non mi sentiva nemmeno.

«Appena trovo un'occupazione ti ridò i soldi».

Era in trance. Aveva sballato.

«Tu per chi voti?».

«Per chi voto? Io non sono mai andata a votare. Tanto è inutile. La maglietta me la metto questa sera allo Space-Lab».

Sempre barcollando, tirò fuori dallo zainetto argentato una spazzola per capelli. Iniziò a pettinarsi. Continuò a pettinarsi guardando nel vuoto per qualche minuto. Poi senza dirmi altro se ne andò.

17.

Le fotocopie da fare non finivano mai. Lupo pretendeva tre copie di ogni singolo documento, si fosse anche trattato di una semplice richiesta di deodoranti per water all'economato. Una mattina terminai nuovamente la carta della fotocopiatrice. Decisi di fregarmene e non dissi nulla. Un'ora più tardi sentii un urlo. Era una specie di ululato. Lupo arrivò di corsa alla mia scrivania.

«HAI DI NUOVO LASCIATO LA XEROX SENZA CARTA!».

«E con questo?».

«TI AVEVO DETTO DI AVVERTIRMI PER ISCRITTO OGNI VOLTA CHE TI SUCCEDEVA DI RESTARE SENZA CARTA!».

Era così rosso in faccia che pareva dovesse scoppiare da un istante all'altro.

«La prossima volta me ne ricorderò».

«LA XEROX NON DEVE MAI RESTARE SENZA CARTA! BASTA UN SECONDO A SMARRIRE UN DOCUMENTO!».

«D'accordo Lupo», gli dissi con calma. «Non andare in bestia per così poco. Vado a comprare la carta».

«SICURO CHE CI VAI. E SUBITO!».

Scesi alla cartoleria e comprai un pacco di risme. In strada il sole appariva pallido, nascosto dallo smog. L'aria era pesante, irrespirabile. Secondo il sindaco però si respirava benissimo. Bastava alzare i parametri di misurazione dell'inquinamento dell'aria, come avevano fatto l'estate precedente i centri balneari adriatici con quelli dell'acqua. Prima di risalire passai al bar. Potevo sempre dire di aver trovato gente in cartoleria. Avevo scoperto il modo per farmi una pausa extra ogni tanto.

18.

Lupo lavorava da più di vent'anni. Era così che il lavoro riduceva le persone. Dopo un po' non erano quasi più esseri umani. Il lavoro entrava dentro di loro. Occupava sempre più spazio nelle loro menti. Si impadroniva dei loro sogni. Anche a me, che avevo iniziato da poco, capitava di sognare Lupo mentre mi dava da fare delle fotocopie. Sognavo lo squillo del telefono, la voce delle insegnanti, la faccia di Pasquale. E non ero che all'inizio. Per sopravvivere avrei dovuto lavorare tutta la vita, visto che i miei erano degli operai e gli operai non riuscivano a evadere le tasse come i genitori dei futuri top manager iscritti all'università. Sarei diventato anch'io come Lupo oppure avrei sviluppato una mia personale forma di nevrosi, di alienazione, di pazzia. Tornando a casa abbrutito dal traffico, dalla frustrazione, dallo stress, avrei picchiato a sangue i miei figli per poi sedermi in poltrona e spararmi un'overdose di calcio e Tele-Mike.

19.

«Alla tua età non possiedi nemmeno una macchina. Alla televisione le regalano addirittura e tu non ne hai neanche una di seconda mano».

In ufficio avevo passato una giornata stressante. Centinaia di fotocopie, migliaia di telefonate, Lupo che rompeva i coglioni... Adesso che mi ero liberato di tutto quello, riattaccava mio padre.

«Non pensi alla tua carriera. Avresti dovuto iscriverti a Economia e Commercio, farti una posizione, altro che occuparti degli zingari».

Stavo per esplodere.

«Non hai neppure una ragazza. Non sei normale. Tutti alla tua età hanno un impiego, una macchina e una ragazza ma tu non ce l'hai, non hai niente di niente».

Sapevo che se mi fossi lasciato andare sarebbe finita male, molto male.

«La gente normale non si taglia i capelli a quel modo. La gente normale pensa a crearsi una famiglia. Tu pensi di essere diverso e invece non fai altro che cazzate, cazzate su cazzate...».

«Tutti fanno le loro cazzate».

«CHE COSA HAI DETTO A TUO PADRE?».

«Ho detto che tutti fanno le loro cazzate».

«IO NON HO MAI FATTO CAZZATE IN VITA MIA».

«Beato te».

«NON TI PERMETTO DI DIRMI CHE HO FATTO CAZZATE. IO NON HO MAI SBAGLIATO NIENTE NELLA VITA».

Era Dio. Dio in carne e ossa, e non me ne ero mai reso conto.

«NESSUNO MI HA MAI DETTO UNA COSA DEL GENERE. CHIEDI A TUA MADRE SE HO MAI FATTO CAZZATE, STRONZO!».

Mia madre stava mettendo la pasta sul fuoco.

«Be', a me però stronzo non lo dici».

«SEI MIO FIGLIO E TI POSSO DIRE QUELLO CHE VOGLIO».

Mi alzai, sporgendomi verso di lui, le mani aperte sul tavolo. Un lampo di cattiveria attraversò i suoi occhi.

«A ME STRONZO NON LO DICI, CHIARO?».

«TU URLI IN FACCIA A TUO PADRE?».

«SÌ, SE MIO PADRE URLA IN FACCIA A ME».

«UN GIORNO O L'ALTRO TI SBATTERÒ FUORI DI CASA».

«NON CE N'È BISOGNO. MI SBATTO FUORI DA SOLO».

20.

Più tardi telefonai a zia Carlotta.

«Ho deciso di andarmene di casa».

«Vuoi venire a stare da me?».

«No, preferisco vivere da solo. Devo imparare a vivere da solo».

«Sei sicuro di farcela? Guadagni trecentomila lire al mese».

«A pranzo mangerò in mensa. Luce, acqua e affitto saranno gratis».

«In che senso gratis?».

«Chiederò di alloggiare alla Casa dell'Obiettore, dove stanno i ragazzi che fanno il servizio civile come me».

«Ricordati che di qualsiasi cosa tu abbia bisogno io sono qui. Non avere paura di chiedermi niente».

«Grazie».

«Quando verrai a trovarmi?».

«Presto. Appena mi sono sistemato un po'».

«Ti aspetto».

Pensai ai suoi occhi calmi, azzurri, luminosi.

«D'accordo. Non ti preoccupare».

Capitolo terzo

1.

Iniziava a fare davvero caldo. Il profumo di Vanni era ancora più intenso. Ci trovavamo nel suo ufficio. Io parlavo alla sua cravatta, lui al lampadario.

«Così vuoi un posto letto non troppo distante dall'ente presso il quale sei stato assegnato», mi stava dicendo, ammiccando alla lampadina da 120 volts.

«Già. Abito in periferia e con i mezzi pubblici perdo un sacco di tempo ad arrivare in centro».

«E non hai mai pensato di chiedere ospitalità a qualcuno, invece che installarti alla Casa dell'Obiettore?».

Sapevo dove voleva arrivare.

«Be' no, penso sia meglio imparare a vivere da soli. Sa, farsi da mangiare, lavare la biancheria... Diventare autosufficienti».

«Ragazzaccio. Figurati che io stavo appunto cercando qualcuno con cui dividere il mio appartamento. È così grande per un single. Ci sarebbe posto addirittura per tre».

Mi sorrise.

«Sinceramente vorrei mettermi alla prova. Se ci fosse una stanza libera alla Casa dell'Obiettore...».

Vanni aprì un registro con un gesto di disappunto.

«Ma certo che c'è. Io ti ci metto, ma non sai che cosa ti perdi».

Oh sì che lo so, pensai, credo proprio di saperlo.

2.

La Casa dell'Obiettore si trovava all'ultimo piano di un palazzo che ospitava un ricovero per anziani, una scuola per subnormali e una comunità per ragazzi disadattati. L'ascensore puzzava di piscio. La mia stanza era al termine di un lungo corridoio male illuminato e dai muri scrostati. Quando aprii la porta una zaffata di tanfo bestiale mi inchiodò sulla soglia. Premetti l'interruttore. La luce non si accese. Forse anche la lampadina era rimasta fulminata dalla puzza. Intuii nel buio dove si trovava la porta finestra che dava sul balcone. Tirai su la saracinesca sino a metà, dove rimase bloccata. Mi guardai attorno. C'erano un lavandino, un letto, una sedia, un armadio di metallo arrugginito, un tavolino e una credenza, anche questa arrugginita. Armadio e credenza erano vuoti.

Aprii la finestra per cambiare l'aria. Dentro la stanza entrò una zaffata di smog. Il balcone dava su un corso pieno di traffico. La ringhiera, bianca in origine, era coperta da una patina di polvere grigia formatasi grazie ai gas di scarico. Le uniche macchie bianche erano dovute alla merda dei piccioni. In fin dei conti avevo sempre desiderato vivere da solo. E poi era gratis, pensai.

3.

Nello sgabuzzino accanto ai cessi trovai una scopa, uno spazzolone, degli stracci, dell'alcool e un liquido per sgrassare i pavimenti. La bottiglia dello sgrassapavimenti aveva un enorme teschio nero sull'etichetta. Anziché suicidarmi decisi di dare una ripulita alla mia stanzetta in cima agli anziani, i teppisti e gli handicappati.

Lavorai come un matto. Lo sporco non voleva arrendersi, proprio come nella pubblicità, solo che non bastava passarci sopra una spugnetta. Il liquido che avevo utilizzato per pulire il pavimento si era trasformato in uno strato di fango. Disinfettai tutto con l'alcool, persino le manopole dei rubinetti e tutta la credenza, tutto l'armadio. Diedi la caccia ai ragni. Cambiai le coperte polverose e le lenzuola ingiallite con quelle che mi ero portato da casa. Lavai il balcone. Strofinai con uno straccio imbevuto d'acqua e sapone la sedia e il tavolino.

Alla fine mi accorsi di avere bisogno di una doccia. Mi sembrava di ricordarne una nel locale dove si trovavano anche i cessi. Riposi la scopa, l'alcool e il resto nello sgabuzzino e andai a darle un'occhiata. Era rivestita da una spessa pellicola di sporco marrone. Rinunciai a pulire anche quella. Mi sarei lavato al lavandino della mia stanza. Poi mi venne voglia di pisciare. Aprii la porta di un cesso. La tazza era senza asse e aveva tutta l'aria di essere intasata di merda. Aprii la porta del secondo cesso. La tazza era senza asse e intasata di merda. Aprii la porta del terzo cesso. La tazza era senza asse e intasata di merda. Guardai la porta dell'ultimo cesso. Preferii non aprirla. Pisciai e simulai una doccia nel lavandino della mia stanzetta.

4.

Naturalmente il problema fondamentale era cacare. Mi adattai a farlo in ufficio. Dato che non sapevo cucinare la sera il più delle volte bevevo un litro o due di latte. Ma sui miei intestini il latte aveva un effetto letale. La mattina mi svegliavo con un mal di pancia tremendo. Pisciando nel lavandino dovevo chiudermi il culo con una mano per evitare di evacuare nei pantaloni. Poi prendevo di corsa l'ascensore che puzzava di orina e mi precipitavo in strada, alla fermata dell'autobus. Quasi sempre dovevo aspettarlo per parecchi minuti. Quindici, venti o anche di più.

Camminavo su e giù per il marciapiede accanto alla fermata. Cercavo di distrarmi con qualcosa, qualsiasi cosa: contavo le auto di passaggio, elaboravo statistiche concernenti modelli, cilindrate, colori. In realtà facevo sforzi sovrumani nel tentativo di non cacarmi addosso. Pregavo. Parlavo da solo. Fischiavo. Le vecchiette ferme ad aspettare mi guardavano sospettose. Infine arrivava l'autobus. Strapieno. A ogni fermata si aggregavano altre ottuagenarie. Attraversando la zona attorno al mercato montava l'orda delle casalinghe, cariche di borse, pacchetti, bambini. Le ondate di sudore si succedevano in continuazione. Frutta e verdura di seconda scelta facevano il resto. Arrivavo al CANE disperato, cianotico, volando. Senza salutare nessuno mi fiondavo in bagno, provando dolori da ciclo mestruale. Quindi finalmente partorivo. Plop. Plop. Plop. Plop. Mentre la merda scendeva, io salivo in paradiso.

5.

A un certo punto, non ricordo esattamente quando, i giornali presero a parlare della Pantera. Mi sembrava impossibile che qualcuno avesse davvero occupato le università per chiedere ad esempio che le biblioteche funzionassero sul serio. Niente funzionava praticamente mai in ambito accademico ma non avevo mai sentito protestare nessuno nemmeno con un bidello. I Comitati Leninisti ogni tanto attaccavano nell'atrio un manifesto, magari lamentandosi dell'aumento delle tasse di iscrizione. Quelli di Comunione e liberazione rispondevano con un loro manifesto, naturalmente dalla parte del ministro della Pubblica Istruzione. I Comitati Leninisti ribattevano con un nuovo, più grande manifesto, citando *Il Capitale* qua e là. Quindi era ancora la volta di Comunione e liberazione: il loro proclama iniziava con una frase tratta dai discorsi di don Giussani o del cardinale Ratzinger. Si limitavano ad andare avanti così, mentre la massa degli studenti entrava o usciva da lezione e nessuno aveva il tempo di fermarsi a leggere nulla. Io non ero più stato a lezione dall'inizio del servizio civile. Leggendo i giornali sembrava che fossimo di fronte a una specie di nuovo '68, per fortuna meno compromesso con pericolose ideologie... Me li immaginavo gli autori di quegli articoli, quasi tutti exsessantottini ora trasformatisi in affermati professionisti, in competizione quotidiana per la villa al mare, l'auto prestigiosa, le vacanze esclusive... Se dopo vent'anni i risultati sarebbero stati quelli, speravo proprio che non si trattasse di un nuovo '68.

6.

Un'università occupata bisognava occuparla pure di notte, così una sera decisi di andarci. Volevo vedere con i miei occhi questo nuovo '68. Avevo appena svoltato in via Po quando incontrai Castracan. Non lo riconobbi subito. Si era fatto crescere sia la barba che i capelli. Al posto della giacca di velluto indossava un giubbotto di pelle. Intorno al collo portava avvolto un kefiah.

«Ciao Walter», mi disse, «anche tu sei dei nostri?».

«No, è la prima volta che vengo a dare un'occhiata. Sto facendo il servizio civile e non ho più frequentato...».

«Io invece sto con la Pantera a tempo pieno». Si aggiustò il fazzoletto da guerrigliero palestinese.

«Segui qualche corso in questi giorni?».

«Scherzi? Non ci sono corsi. Li abbiamo bloccati noi». Il suo aspetto era molto revolucionario. «Adesso vado a casa a fare un boccone», aggiunse. «Visto che abito qui vicino ne approfitto».

«Perché, dove stai?».

«In via Roma, a due passi».

Non male per un revolucionario. Ci salutammo. In cinque frasi non aveva adoperato una citazione dell'Abbagnano. Era riuscito a stupirmi con effetti speciali.

Arrivai all'università. L'entrata principale, illuminata dai neon, appariva deserta. Un piccolo gruppo di persone stazionava sulla porta dell'uscita di sicurezza. Stavano parlando. Mi avvicinai. Loro smisero di parlare. Feci per entrare ma una mano mi prese per un braccio.

«A noi quelli rasati non piacciono», disse il proprietario della mano. Tutti avevano la barba, i capelli lunghi e al collo un kefiah. Mi liberai con uno strattone.

«Ma davvero?», dissi.

«Nazisti qua dentro non ne vogliamo», precisò un altro.

«E non accetteremo provocazioni», puntualizzò un terzo.

«Neanche io», dissi. Provai ad entrare. Il più grosso del gruppo mi si mise davanti.

«Cosa cerchi qui?».

«Tua sorella. E voi?».

«Noi siamo del servizio d'ordine. Nessuno può entrare senza il nostro permesso».

«Ma non lottavate per un'università libera a tutti?».

Si guardarono in faccia.

«Sono iscritto alla facoltà di Filosofia e rasato o no ho tanto diritto di entrarci quanto voi».

L'orso Yoghi si spostò. Varcai la soglia. Salii le scale. Le pareti erano coperte di graffiti. Chissà dove avevano preso i soldi per la vernice. Chissà cosa ne pensavano del buco nell'ozono. Tutta la gente che incontravo intratteneva un rapporto diverso dal mio con i propri peli e mi guardava come se provenissi da un altro pianeta. Qualcuno mi chiese se avevo del fumo. Le scritte dicevano ATTENTI ALLA PANTERA O PAGHERETE CARO PAGHERETE TUTTO. Sì, pensai, pagheranno. Con l'American Express di platino. Girai un po' per i corridoi vuoti, poi mi stufai e me ne andai.

7.

Quindi arrivarono le elezioni. Come sempre al governo non cambiò nulla. L'opposizione si era frantumata così docilmente da non esistere praticamente più. Le leghe invece misero insieme un bel mucchio di voti. L'italiano medio temeva che qualche negro si sposasse sua figlia o gli rubasse il portafogli. Evidentemente a molti era sfuggito che una cosetta come la mafia in America l'avevamo esportata noi, il popolo di santi, poeti e navigatori. Quanto alla sana imprenditoria lombarda pareva che di Seveso non si ricordasse più nessuno. Se avessi chiesto a un qualsiasi consumatore di musica una sera in discoteca che cos'era la diossina, questo mi avrebbe risposto mah, boh, non so, chissà, una nuova droga? Il dio denaro aveva vinto su tutti i fronti. I rifugiati politici dell'est passavano all'ovest in cerca di pornoshop e supermercati, finalmente liberi di comprarsi cazzi di gomma da mettersi nel culo e ritrovarsi disoccupati pure loro. Ma questo era il migliore dei mondi possibili, o comunque stava per diventarlo. Aumentavano i morti di AIDS e i deserti, il prezzo della benzina e l'uso di eroina, il debito pubblico e i topi nelle corsie degli ospedali, aumentava il divario tra i ricchi sempre più ricchi e i poveri sempre più poveri, eppure avevamo il campionato di calcio più bello del mondo, perché preoccuparsi?

8.

Con la fine della scuola le telefonate cessarono d'incanto. Pasquale portò in ufficio una versione tascabile di Space Invaders. La tenevamo in un cassetto. Ogni giorno Lupo si inventava dei lavori inutili, tanto per tenerci occupati e sentirsi almeno il responsabile, visto che non era stato eletto. Certo il ragazzo non brillava in quanto a fantasia.

«Fatemi otto copie di questo elenco», ci ordinava. Era lo schedario contenente il censimento degli zingari. Ne possedevamo già un paio di copie. Sembrava la guida telefonica di Los Angeles.

«A che cosa ci servirà averne dieci copie?», chiedevamo.

«Non si sa mai», rispondeva lui e se ne andava, fingendo di essere impegnato a risolvere qualche pratica.

Dopo che Lupo aveva richiuso la porta, Pasquale riapriva il cassetto. Continuavamo a giocare per ore. Quasi sempre Pasquale finiva per chiamare sua moglie.

«Ciao Saskia, sono io. Senti, oggi tarderò perché qui c'è da impazzire dal lavoro. Siamo veramente oberati. Non ti puoi immaginare il casino. Ma sì che ti amo. Va bene. Va bene. Ciao».

«Tutto a posto a casa?», gli chiedevo.

«Sì, figurati. Questo mese Saskia prende anche la quattordicesima».

9.

Una mattina mia madre mi telefonò in ufficio. Non ci eravamo più sentiti da un pezzo.

«Walter, la zia Carlotta è morta. Un infarto».

Io non dissi niente.

«I funerali sono fissati per lunedì».

Non riuscivo a parlare.

«Se vuoi ci vediamo là».

Passò qualche minuto.

Avvertivo il traffico lontano delle auto. Mia madre stava chiamando da una cabina.

«D'accordo», dissi. «Ci vediamo lunedì».

10.

Quando arrivai a casa di mia zia la trovai distesa sul suo letto. Era lo stesso letto dove quando ero bambino avevamo dormito tante volte insieme.

Lei aveva gli occhi chiusi. Le mani cominciavano a diventarle blu. Non so perché le era stata tolta la dentiera. Le sue guance già incavate adesso quasi si toccavano. Non so quanto rimasi immobile a guardarla. Poi la chiusero in una bara. Era tutto finito. Non c'era più niente da fare. Caricarono la bara sul furgone. La seguimmo in auto sino al cimitero. Non c'era molta gente. Non c'era nessun prete. Lei non ne aveva voluti al suo funerale.

Quando la calarono nella fossa qualcuno pregò. Anche mia madre. Io non pregai. Non dissi niente a nessuno. Avevo voglia di uscire fuori di me. Avevo voglia di fare qualcosa, qualsiasi cosa. Sbattere la testa contro un muro, strapparmi i denti con un paio di pinze, mangiarmi tutto quanto il cervello. Ma non c'era niente da fare. Niente avrebbe cambiato nulla. Con il primo treno tornai in città.

11.

Uscito dall'ufficio tornavo nella mia stanza. Disteso sul letto fissavo il soffitto per ore.

12.

Non me ne importava più niente di niente. Non mi andava più di parlare con nessuno. Nel mio cervello c'era come una nebbia. Durante l'orario di lavoro facevo fotocopie su fotocopie. Volevo soltanto ripetere meccanicamente gli stessi gesti di continuo. Ascoltavo e riascoltavo nel mio Sony *Holiday in Cambodia* dei Dead Kennedys.

«Vuoi fare una partita a Space Invaders?», mi proponeva Pasquale. Rispondevo di no con un cenno della testa.

«Una a Super Mario Bros di sotto?».

«No, grazie».

Non ero mai stato così solo. Solo ero nato. Solo avevo vissuto sino ad allora. Solo sarei morto un giorno, come la zia. Non si poteva risolvere la cosa mettendosi con qualcuno. Non era tanto facile. Eravamo fatti a quel modo, staccati gli uni dagli altri. Non c'era Dio. Non c'era un cazzo di niente. I tessuti finivano per marcire e disfarsi e a poco a poco tutto scompariva. Non rimaneva più niente di ciò che eravamo stati. Niente dei nostri sogni. Niente del nostro modo di sorridere o camminare. Non restava più niente di niente di niente.

13.

Qualche mese dopo un sabato mattina tornai all'università, tanto per fare qualcosa. L'occupazione era finita. I corsi erano ricominciati. Della Pantera restavano le scritte sui muri. Ma fuori dalla presidenza un paio di imbianchini avevano iniziato a far sparire anche quelle.

Le biblioteche continuavano a non funzionare, le sessioni d'esame erano state ridotte, le tasse aumentate. Come da copione. Andai a vedere l'orario delle lezioni senza trovarci granché di interessante. Così mi sedetti nell'atrio a guardare la gente passare. Avevo quasi la sensazione di essere in un caffè a Parigi, soltanto che mancavano sia il caffè che Parigi. Improvvisamente mi accorsi che una ragazza seduta di fronte a me dall'altra parte dell'atrio mi stava fissando. Era una tipa bionda, lentigginosa, e indossava il chiodo su un paio di Levi's scoloriti. Puzzava di soldi lontano chilometri. Feci finta di nulla e continuai a osservare i replicanti di passaggio. Poi non la vidi più. Mi voltai per cercarla e lei era lì, di fianco a me. In bocca aveva una sigaretta.

«Hai da accendere?», mi domandò.

«Non fumo».

Tirò fuori un accendino dal giubbotto.

«Perché mi hai chiesto se avevo da accendere?».

«Volevo conoscerti. Io sono Beatrice».

«Walter».

«Cosa ci fa uno come te all'università?».

«Bird-watching. Perché?».

«Non mi sembri il tipico studente universitario».

«Neanche tu mi sembri la tipica studentessa universitaria», le dissi, e pensai: mi sembri una puttana.

«E che cosa ti sembro?».
«Una piena di soldi. Sbaglio?».
«Sbagli».
Rimanemmo un poco in silenzio a contare i giovani poeti-filosofi e i futuri assi del foro che entravano e uscivano dall'edificio.
«Scommetto che se ti invito a pranzo nella mia soffitta tu non ci vieni».
Era la prima volta che una ragazza mi abbordava a quel modo. Mi chiesi se non fosse per caso un travestito. In effetti era un tantino androgina: magra, gambe lunghe, poco culo e poche tette. Non era esattamente il mio tipo. Ma da mesi ormai mi ritrovavo solo ogni sera a fissare il soffitto. Non ce la facevo più, assolutamente più.
«Perché no?», le dissi.

14.

Beatrice guidava una Porsche nera appena uscita di fabbrica. Raggiungemmo la collina a una velocità pazzesca, almeno per me che ero abituato ad andare a piedi o in tram. Nel giro di pochi minuti posteggiò davanti a un palazzo in stile Barocco.
«E tu saresti senza soldi, vero?», le dissi, entrando nell'attico dove abitava.
«I miei ne hanno ma io sono nullatenente».
Forse era dotata di molta autoironia. Si tolse il chiodo e gli stivali, buttandoli in un angolo. C'era la moquette dappertutto.
«Mettiti pure comodo. Puoi dare uno sguardo alla casa se vuoi, mentre io preparo qualcosa».
Diedi uno sguardo alla casa. C'erano una ventina

di stanze. Tutte arredate in stile Memphis. Beatrice aveva tre copie di ogni cosa: tre televisori, tre impianti stereo, tre bagni, tre camere da letto, tre soggiorni, tre cucine, tre terrazzi... Non era male la sua soffitta.

15.

«Walter!», sentii gridare Beatrice da un terrazzo.

La raggiunsi. Aveva apparecchiato la tavola fuori. Al centro della tovaglia ricamata si ergeva un enorme vassoio di paste. C'erano anche una bottiglia di champagne e due bicchieri.

«Non volevo cucinare e ho riesumato gli avanzi della cena di ieri sera. Ti spiace?».

«Direi proprio di no. Vado matto per i dolci». Presi una pasta e la addentai.

«Ti va di scopare dopo mangiato?», disse lei.

Tossii, cospargendo la tovaglia di zucchero vanigliato e arrossendo tutto quanto, da autentico playboy.

«Come dici, scusa?». Forse non avevo capito bene.

«Mi piacerebbe scoparti, dopo mangiato».

In un secondo il cervello mi si cementificò attorno alla parola magica: SCOPARE. Caddi in preda alla confusione più totale. Che cosa avrebbe risposto in una situazione del genere Marlon Brando? Come ci si comportava con un clitoride? Quanto avrei dovuto penetrarla? Sapeva di avere a che fare con un vergine? Gli uomini provavano dolore la prima volta? Era lei il grande amore della mia vita? Volevo davvero scoparmela, o meglio, farmi scopare? E per dirla francamente: qual era l'altezza media di un buon pene in stato di erezione? Posai la pasta.

«Cosa ne diresti invece di una partita a ping pong giù al minigolf?», risposi.

16.

Nonostante tutto continuammo a vederci. Passava a prendermi al CANE, poi andavamo a mangiare fuori. A volte soli, altre con amici suoi. Io di amici non ne avevo. Quelli del suo giro si chiamavano solitamente Umbi, Giugi, Ale, Inti, Bobi, Titti...

«Papi mi ha regalato una purosangue nuova lo scorso week-end», affermava di norma uno degli Umbi a metà della serata. Al posto della cavalla potevano anche esserci una barca o una casa a Porto Cervo.

«L'ho chiamata subito Bea, in tuo onore», proseguiva il fantino, nel caso della purosangue.

«Che tenero», sospirava Beatrice, e mi si strusciava tutta addosso, mettendomi quelle sue gambe sopra le mie, nude.

«Avete più sentito niente a proposito di Giugi?», cambiava argomento un Inti a caso.

«No. Da quando si è iscritto ad Harvard non ha più dato nessuna delle sue news», rispondeva Titti.

Poi Bobi o Ale si accorgevano della mia esistenza, notando forse l'inspirazione di ossigeno e l'espirazione di anidride carbonica da parte del mio naso.

«E tu che cosa fai nella vita?», suonava più o meno la domanda.

«Il servizio civile. Mi occupo di zingari».

«Ma va'? Interessantissimo». Per qualche istante nessuno fiatava. Quindi Umbi si riprendeva.

«Avete visto il mio nuovo Swatch firmato Keith

Haring?». Non ero rimasto a lungo al centro dell'attenzione.

«Andiamo via», mi sussurrava all'orecchio Beatrice. Teneva sempre le sue mani sulle mie cosce, in alto, molto in alto. Doveva avere addosso una torrida voglia di scopare.

«Perché non dormi da me questa notte?», mi tentava.

17.

La mattina mi svegliavo con il dubbio di essermi sbagliato a non accettare. Se non altro avrei potuto fare la doccia.

Era incredibile. In tutta la mia vita avevo collezionato soltanto una lunga serie di spasimanti froci. Adesso che una ragazza ci stava, non mi riusciva di approfittarne. Non capivo. Anzi, capivo benissimo. Pur essendo ancora vergine a ventidue anni, pretendevo anche di scopare per amore, solo per amore. Mi lavai la faccia e mi guardai nello specchio sopra il lavandino. Monsieur Bovary. Il giovane Werther. La testa di cazzo. Volevo il grande amore, l'amore autentico, l'amore vero. Ma dove vivevo? Mi rendevo conto di come erano fatti gli esseri umani? La gente si sposava per solitudine, convenienza, conformismo, paura. Tutti i trentenni che conoscevo erano separati o divorziati. La maggior parte delle ragazze dopo averti guardato negli occhi cercava di capire quante carte di credito tenessi nel portafogli. Forse avrei dovuto scoparmi Beatrice senza farmi tanti problemi, tranne quello di indossare in precedenza almeno un preservativo. Pensandoci bene non era stupenda ma non era neppure zoppa. Un giorno o l'altro avrebbe ereditato un sacco di soldi. Intravedevo la possibilità di sistemarmi per sempre. Probabilmente il mio prodigioso, inesauribile talento sessuale sarebbe diventato ben presto per lei assolutamente insostituibile. Non avrei dovuto lavorare mai più. Mi avrebbe mantenuto purché me la scopassi di tanto in tanto. Sarei stato in grado di passare il tempo come desideravo: facendo lunghe passeggiate in riva al mare, leggendo, dormendo, ascoltando musica, scrivendo. Abitando case diverse a seconda delle stagioni; la primavera a Parigi, l'estate in California, l'autunno nel Kent, l'inverno alle Maldive. Tutto grazie al mio formidabile fascino e alle mie doti di amante. Sì, col cazzo.

18.

Un pomeriggio mi chiamò al CANE.

«Ti va se andiamo a ballare una sera di queste?».

Beatrice di giorno sosteneva di annoiarsi. In due settimane avevamo frequentato più locali di quanti ne avessi frequentati in quasi cinque anni. Ma fino a quel momento ero riuscito a evitare le discoteche.

«Lo sai che a me non piace ballare».

«Dì piuttosto che non ne sei capace».

«Questo è sicuro».

«Cerca di essere carino per una volta».

«Perché non ci vai con i tuoi amici miliardari?».

«Oh, lo sai quanto mi annoiano. Dicono sempre le stesse cose. Parlano esclusivamente di barche, soldi e cavalli. Tu sei diverso».

«Sì, non ho né le barche né i soldi né i cavalli».

«Avanti, andiamo a ballare».
«D'accordo».
«Questa sera?».
«Questa sera».

19.

Allo Space-Lab c'erano i soliti froci. L'house-music veniva sparata oltre il muro del suono.

«PRENDI NIENTE DA BERE?», mi urlò Beatrice appena riuscimmo a entrare.

«UNA BIRRA, GRAZIE». Ci avvicinammo al bar.

«CIAO BEA», le urlò il barista. «IL SOLITO?».

«SÌ, UN J&B ON THE ROCKS E UNA BIRRA».

Conosceva tutti, persino quegli stronzi di buttafuori.

«TI VA DI LANCIARTI?», mi fece, dopo aver tirato giù il whisky senza problemi.

«UN CASINO».

Ci lanciammo. Sulla pista la gente si contorceva totalmente appiccicata. Come sempre la musica arrivava sino agli organi interni. Non ero mai stato un bravo danzatore. Cercavo di andare a tempo imitando i movimenti degli altri. Il guaio era che imitandoli mi ritrovavo ad essere sistematicamente in ritardo sul ritmo. Attorno a me tutti quanti si atteggiavano a professionisti della pista. Ballavano serissimi, scambiandosi cenni d'intesa, come dire: guardate come ci muoviamo bene, noi sì che siamo dei fighi.

Beatrice mi si strusciava addosso senza tregua. Ci sparammo cinque o sei pezzi di seguito, oppure un pezzo unico lungo come cinque o sei pezzi normali:

non capivo mai la differenza tra un pezzo e l'altro. Poi la sua lingua si avvicinò al mio orecchio.

«SONO ECCITATA DA MORIRE. ANDIAMO A CASA MIA, TI PREGO».

20.

Non so bene come mi ritrovai completamente nudo insieme a Beatrice sul suo letto. Ci baciammo in bocca e lei iniziò a toccarmi l'uccello. Mi venne subito duro. Nessuno dei due aveva niente addosso ma io provavo un gran caldo. Poi scivolai in mezzo alle sue gambe.

«Scopami, ti prego», mi disse.

Tentai di penetrarla. Non capivo dove bisognasse puntarlo con esattezza. Mentre trafficavo lì sotto mi venne in mente Carlotta. Morta. La pelle bluastra. Le guance incavate. Gli occhi ormai chiusi per sempre.

«Avanti, che aspetti?».

Stavo sudando. Stavo sudando nel vuoto. Carlotta invece in quell'istante stava marcendo. Un giorno sarebbe accaduto anche a me. Non riuscivo a scopare. Non mi andava di scopare. Non ne avevo nessuna voglia.

Ero solo, totalmente solo. Ogni secondo trascorso passava definitivamente e anche io prima o poi sarei sparito per sempre, nel vuoto, come se non fossi mai esistito, non avessi mai respirato.

«Ti decidi sì o no?».

L'erezione se n'era andata. Ricaddi sul materasso.

«Porca puttana, si può sapere che cosa ti succede?». Beatrice si mise a sedere sul letto.

«Non lo so», le risposi.

Lei prese un telecomando dal comodino e lo premette. Si sentì un CLIC. Nella libreria di fronte al letto c'era una videocamera che prima non avevo notato.

«Cosa vuol dire quel CLIC?».

«Che il video non sta più riprendendo».

Si accese una sigaretta.

«Non capisco».

«Gli orgasmi più forti li provo nel rivedermi mentre faccio l'amore con chi mi porto a casa. Ma non mi era mai successo di trovare un impotente. Sei il primo a cui non tira. Se vuoi ho qualcosa per aiutarti. La coca fa miracoli».

«No, grazie. Non c'è niente da fare. Sono davvero impotente», dissi, cercando di rivestirmi.

Capitolo quarto

1.

MODULARIO
I - *P.S.* - 210

PERMESSO DI SOGGIORNO PER STRANIERI
FOREIGNERS' PERMIT OF STAY
RINNOVO/*RENEWAL*

Mod. 210
ex 178*bis*

N. ....

(Vedi note retro – Please, see notes on the back)

COGNOME ....
SURNAME

NOME .... SESSO ....
NAME SEX

FOTO (1)
PHOTO

Timbro d'ufficio

LUOGO DI NASCITA .... DATA ....
PLACE OF BIRTH DATE OF BIRTH

CITTADINANZA .... STATO CIVILE (2) .... RIFUGIATO (3) ....
CITIZENSHIP CIVIL STATUS REFUGEE

RESIDENZA ALL'ESTERO ....
RESIDENCE IN THE COUNTRY OF ORIGIN

RECAPITO IN ITALIA - COMUNE .... PROV. ....
ADDRESS IN ITALY - BOROUGH COUNTY

INDIRIZZO ....
ADDRESS

TIPO DI DOCUMENTO .... NUMERO .... SCADENZA ....
KIND OF DOCUMENT NUMBER VALID UNTIL

RILASCIATO DA .... DATA RILASCIO ....
ISSUED BY DATE OF ISSUE

INGRESSO IN ITALIA - DATA .... FRONTIERA ....
ENTRY IN ITALY - DATE BORDER OF

VISTO .... RILASCIATO DA .... SCADENZA ....
VISA ISSUED BY VALID UNTIL

Bollo

MOTIVO DEL VISTO D'INGRESSO ....
REASON OF VISA

MOTIVO DEL SOGGIORNO (4) ....
REASON OF STAY

MEZZI DI SOSTENTAMENTO (5) ....
MEANS OF SUPPORT

CONIUGE ....
WIFE/HUSBAND

PERSONE A CARICO CONVIVENTI ....
PERSONS BEING CARED FOR, IF LIVING TOGETHER

....

REFERENZE IN ITALIA ....
REFERENCES IN ITALY

Prima Dichiarazione
First statement

Rinnovo
Renewal

Aggiornamento
Revision

Duplicato
Duplicate

FIRMA DEL DICHIARANTE
SIGNATURE OF THE HOLDER

DATA ....
DATE

....

2.

In ufficio arrivarono tonnellate di moduli. La nuova legge sulla concessione del permesso di soggiorno agli stranieri era stata approvata. Avrebbero rilasciato il permesso a chiunque fosse riuscito a dimostrare di essere entrato in Italia prima di una certa data, vendesse accendini, lavasse vetri agli incroci o spacciasse eroina. Ovviamente compilare le domande sarebbe toccato a noi. La prima settimana ne approfittarono in pochi. Poi, insieme alla notizia dell'approvazione della nuova normativa, si diffuse tra gli extracomunitari anche l'indirizzo del CANE.

3.

Al mattino la coda iniziava sin dalla strada sotto l'ufficio. Le scale, l'entrata e il corridoio erano intasate di gente. Ogni giorno si presentavano centinaia di persone. Gli si leggeva negli occhi il miraggio del permesso di soggiorno. Per la maggior parte erano nordafricani provenienti dalle ex colonie francesi, ma non mancavano kenyoti, argentini, rumeni, turchi, filippini. Venivano da notti e notti trascorse in trenta dentro una soffitta, in quattro all'interno di una macchina o soli nel buio di un vagone ferroviario abbandonato. Fino a quel momento avevano vissuto in Italia più o meno clandestinamente, e numerosi onesti cittadini erano riusciti a farsi un bel po' di soldi sulla loro pelle: dai proprietari di pensioni ai grossisti di tappeti, dai produttori di pelati ai trafficanti di stupefacenti. Soldi esentasse, oltretutto, come quelli guadagnati al toto-nero o dai dentisti. Un tempo per sfruttarli eravamo costretti ad andare sino in Africa e importarli, spendendo il denaro per le navi, i marinai e gli schiavisti. Adesso loro venivano da noi, pagando anche il prezzo del biglietto per il viaggio. Un ulteriore passo avanti verso la qualità totale.

4.

Dovevamo fare a tutti le stesse domande. Quindi trascrivere le risposte sul modulo, negli appositi spazi.

Stavamo seduti per ore utilizzando esclusivamente la bocca e la mano destra. Dopo il centotreesimo o centoquattresimo straniero, non solo chi mi stava davanti non era più una persona: non era neppure più un numero. Avevo perso il conto. Le facce si succedevano tutte diverse, così come i nomi, i luoghi e le date di nascita. Ben presto però mi ritrovai ad avere di fronte a me sempre la stessa faccia, gli stessi occhi con lo stesso miraggio, IL PERMESSO DI SOGGIORNO, e tutti si chiamavano allo stesso modo, tutti erano nati lo stesso giorno nello stesso luogo. La catena di montaggio dell'immigrazione. All'altra scrivania, Pasquale era nelle mie identiche condizioni.

Al termine della giornata portavamo i nostri moduli a Lupo. Ne aveva diverse pile sulla sua scrivania, divise per ordine alfabetico. Lui contava il numero dei fogli appena compilati mentre noi li inserivamo ciascuno al suo posto all'interno di ogni pila. Contando scaccolava, nascondendo dietro la barba i materiali ripescati durante le immersioni. Poi chiamava il suo amico giornalista.

«Ciao, sono Lupo. Sì. Oggi ho compilato seicento

domande di soggiorno. Le sto mettendo adesso in ordine alfabetico. Sì. Potreste passare a farmi la foto da stampare accanto all'intervista domani mattina...».

Evidentemente pensava di ricandidarsi.

5.

Lasciavo il CANE in stato confusionale. Nella testa sentivo rimbalzare infinite filastrocche di nomi arabi, senegalesi, filippini, intersecate da migliaia di date di nascita, innumerevoli numeri di passaporto. Andavo alla deriva per la città, scegliendo le strade a caso, senza una meta, come al solito. Non avevo più rivisto né Enza né Ciccio. Cercavo di evitare la zona circostante l'università, per non correre il rischio di incontrare Beatrice. Guardavo le vetrine dei negozi, dove i commessi continuavano a muoversi come animali in gabbia, abbronzati, ben vestiti, sorridenti, ma animali in gabbia, con dentro una voglia pazzesca di essere in qualsiasi altro posto tranne che lì, a sorridere alla massa di consumatori deficienti, buongiorno signora, desidera signora, le sta benissimo signora, grazie signora, arrivederci signora, vaffanculo signora, la inchioderei volentieri al pavimento prima di bruciarla viva, signora. Quelle passeggiate allo zoo mi distraevano un po'. Ma a ogni angolo di strada finivo per imbattermi in un venditore ambulante di fazzoletti, spugnette, aggeggini... Magari gli avevo compilato la domanda di soggiorno soltanto un'ora prima... Lui mi inseguiva, inseguiva qualche soldo da mandare ai dodici figli rimasti in Algeria, per favore signore per favore un accendino mille lire per favore, e la mia testa tornava ad affollarsi di Mohamed

El Kharim El Idriss, nato il 20 luglio 1962 a Casablanca, che giorno era il 20 luglio 1962 a Casablanca? Sua madre aveva pianto di gioia o disperazione dopo il parto? C'era il vento a Casablanca quella notte?

6.

Tra la compilazione di una domanda di soggiorno e l'altra, Pasquale e io venimmo a sapere che c'era la possibilità di entrare in comune attraverso un concorso, come dattilografi. Se l'avessimo passato saremmo stati costretti a battere a macchina cazzate su cazzate, otto ore al giorno, dal lunedì al venerdì, per anni. Certo si trattava di un lavoro sicuro. Non esistevano licenziamenti improvvisi o cassa integrazione negli enti pubblici. Il rischio era soltanto quello di arrivare una mattina a scrivere il proprio nome persino sul bianchetto.

Durante tutta una settimana tergiversai. Infine decisi di tentare. La data del mio congedo si stava avvicinando. Non avrei riscosso ancora per molto il lauto compenso dovuto agli obiettori di coscienza.

7.

Improvvisamente l'atteggiamento di Pasquale nei confronti del lavoro in generale e di Lupo in particolare cambiò. Un venerdì alle cinque stavamo per uscire quando Lupo entrò nel nostro ufficio: sotto il braccio stringeva le domande di soggiorno redatte durante tutta l'ultima settimana. Formavano un pacco enorme, impressionante. Dovevano ammontare a due o tremila fogli, scarabocchiati su entrambe le facciate.

«Ragazzi», ci disse, «ricordatevi che lunedì per mezzogiorno vorrò avere cinque copie di ogni esemplare».

Stavo per ridergli in faccia ma Pasquale mi precedette, togliendosi la giacca.

«NO! LE FACCIO IO ADESSO QUELLE FOTOCOPIE!».

Lupo e io ci guardammo allibiti. Pasquale con un balzo si impadronì del malloppo.

«CI PENSO IO! COSÌ LUNEDÌ SAREMO GIÀ AVANTI COL LAVORO!».

8.

La prova scritta del concorso si avvicinava sempre più, era quasi in dirittura d'arrivo...

Ogni mattina Pasquale entrava al CANE in anticipo, in modo da avere il tempo di pulire la scrivania al capo e preparargli un bel caffè... Ogni sera si fermava oltre l'orario stabilito, per essere già avanti con il lavoro del giorno successivo...

9.

Era come se Lupo avesse finalmente ottenuto l'assegnazione di quella segretaria che in realtà gli veniva negata da anni. Purtroppo Pasquale portava la barba lunga e non indossava mai minigonne con i tacchi alti. Spesso però recava con sé al lavoro misteriosi pacchettini. Avevo notato che la sera era Lupo a portarseli via. Un pomeriggio, intanto che Pasquale era in bagno, riuscii ad aprirne uno. Facendo bene attenzione a non rovinare la carta ne adocchiai il contenuto. Dischetti per computer. Sul primo della serie c'era scritto ARCHIVIO DOMANDE DI SOGGIORNO DALLA LETTERA L ALLA LETTERA N. ORIGINALE. Sul secondo lessi ARCHIVIO DOMANDE DI SOGGIORNO DALLA LETTERA L ALLA LETTERA N. COPIA NUMERO UNO. Sul terzo decifrai ARCHIVIO DOMANDE DI SOGGIORNO DALLA LETTERA L ALLA LETTERA N. COPIA NUMERO DUE. Evitai di prendere in considerazione gli altri dischetti. Pasquale a casa possedeva un personal computer e Lupo non si era lasciato sfuggire l'occasione. Di ciascuna domanda ora esistevano dieci copie. Certo il CANE non aveva ancora un computer. Ma non si poteva mai sapere...

10.

I posti da dattilografo in palio erano trecento. I partecipanti al concorso trentamila.

Il giorno della gara ci ritrovammo tutti al Palasport per la prova scritta di cultura generale. Qualcuno aveva diviso i settori delle gradinate per ordine alfabetico. Attorno a me incontrai gente di ogni tipo. Casalinghe, bancari, disoccupati, uomini sui trent'anni con i polsini della camicia consumati e un paio di ipoteche sulla casa, puttane di provincia stanche di darla via praticamente gratis, monchi, ciechi, subnormali, ciascuno con il medesimo miraggio: IL POSTO FISSO, quello a cui rimanere inchiodati tutta un'esistenza.

Quando anche i restanti ventinovemilanovecentonovantanove si furono sistemati e ormai mi aspettavo soltanto l'ingresso in campo delle squadre, un funzionario del comune attaccò con la solita messa in scena della trasparenza e della legalità. Una ragazza scelta a caso tra quelle con le cosce di fuori in prima fila venne bendata. Poi le fecero scegliere una busta su tre per stabilire a quali quiz dovessimo rispondere, proprio come a TeleMike. I milioni in palio ce li avrebbero dati in caso di vittoria uno per volta alla fine di ogni mese, in modo da permetterci di sopravvivere e battere a macchina sino alla fine del mese successivo, mese dopo mese, anno dopo anno, serbando la pensione come unica speranza, sempre che la morte non fosse venuta a prelevarci sotto forma di ictus cerebrale tra una lettera per la richiesta di carta igienica e l'altra. Aperta la busta, proiettarono i quesiti su uno schermo gigante.

CHE COSA SONO I MITILI?

a) SOLDATI DELL'ANTICA ROMA

b) ARMI NUCLEARI A REAZIONE

c) MOLLUSCHI MARINI...

Segnai la lettera c sul prestampato che mi avevano dato entrando.

QUAL È L'ALTEZZA ESATTA DEL MONTE BIANCO?

a) 80.000 METRI

b) 4810 METRI

c) 197 METRI...

La chiamavano «prova di cultura generale».

11.

Terminata la prova confrontai le mie risposte con quelle di Pasquale. Erano assolutamente identiche.

Poi venne pubblicata la graduatoria. Il mio nome corrispondeva al numero 1434. Pasquale svettava al 278. Io ero escluso dalla partecipazione all'orale. Lui ammesso.

12.

Quindi il servizio civile finì.

Erano trascorsi quasi due anni. Tutto quel tempo si era dissolto in una lunga serie di telefonate e fotocopie, come se in realtà non l'avessi mai vissuto. Le ore, i giorni, le settimane, persino i mesi sembravano essermi scivolati tra le dita come polvere. Improvvisamente venni assalito da un'angoscia senza nome. Che cosa avevo perso, che cosa stavo perdendo lontano da qui, nel resto del mondo? Quali persone non incontravo, quali paesi non conoscevo, a quali esperienze inconsapevolmente rinunciavo?

Quei due anni erano passati per sempre, così come il resto della mia giovinezza. Fossi anche morto a ottant'anni non avrei vissuto a lungo in ogni modo. Stavo consumando qualcosa che non mi sarebbe stato restituito mai più.

Lasciai la stanza. Tornai a casa. Non disponevo di alcun altro posto dove andare.

13.

A casa ritrovai tutto uguale a come lo avevo lasciato.

Il gatto mi si strusciò addosso. Mia madre pianse riabbracciandomi.

«Adesso che hai finito con il servizio civile sarà meglio che pensi alla carriera», disse mio padre. Non era cambiato proprio nulla.

Per diversi giorni bighellonai per casa. Guardavo la televisione. Giocavo con il gatto. Ascoltavo musica. Leggevo Hemingway e Bukowski. Cominciai a scrivere dei racconti. Era difficile. Impiegavo ore a buttare giù una semplice frase o anche solo una parola. Se ci riuscivo, se riuscivo a terminare una storia, mi sentivo bene, dopo. Non riconoscevo quasi mai me stesso, guardandomi allo specchio, ma in quei racconti sì. Ecco cosa volevo fare nella vita: scrivere. Però dovevo mantenermi.

Una mattina vidi che l'ultima pagina del quotidiano era occupata interamente dalla pubblicità del primo Salone del Libro. Mancava circa un mese all'inaugurazione. Avevo bisogno di soldi. Magari cercavano ancora gente, pensai. Forse avrei potuto conoscere qualche scrittore. Uno a cui andasse di leggere i miei racconti. Ma chi avrebbe avuto voglia di leggerli? Rimasi immobile a ragionarci per un po', senza concludere niente. A chi sarebbero interessate le mie storie sceme?

Un paio d'ore più tardi, mentre giocavo con il gatto, mi venne in mente che in un posto del genere avrei incontrato greggi di belle ragazze. Decisi di andarci.

14.

Al colloquio d'assunzione, il 2 di maggio, indossai una vecchia giacca di mio padre. Faceva un gran caldo. La giacca era fatta di un tessuto piuttosto pesante, credo misto lana o qualcosa del genere. Sudavo. Era la sola che mi andasse, a parte le maniche, comunque troppo corte.

Il manager che stava per valutare se assumermi oppure no vestiva Armani, sfoggiando un'abbronzatura molto *à la page*, e aveva un'aria davvero efficiente.

«Lei studia?», mi domandò.

«Filosofia», risposi.

«Quanti esami ha sostenuto all'università?».

«Quattordici», dissi. Non ne avevo passato uno.

«Con quale media?».

«Trenta», sparai. «Per la verità ho dieci trenta e quattro trenta e lode».

«Una media abbondante», sorrise lui.

«L'altro ieri ho rifiutato un ventinove in latino. Ridarò l'esame a giugno».

Pregai che non mi chiedesse di mostrargli il libretto. Quella fottuta giacca mi faceva sudare come un tricheco nel Sahara. Vidi che scriveva il mio nome in fondo a un elenco.

«Va bene. Il salone partirà tra due settimane. Le telefoneremo per comunicarle l'ora alla quale dovrà presentarsi ai nostri colleghi. Si occuperà della reception. Un lavoro delicato».

«Grazie», gli dissi. Mi alzai e gli strinsi la mano. Quando feci per lasciargliela e andarmene lui seguitò a stringermela. Non capivo.

«Ci rivedremo al salone, allora, mio caro ragazzo», disse.

15.

Si trattava veramente di un lavoro delicato.

Alla reception del salone dovevamo regalare valigette di plastica trasparente ai visitatori professionali. I visitatori professionali erano librai, editori, scrittori, distributori. Ma la valigetta di plastica la volevano tutti, qualsiasi cosa facessero: all'interno del salone veniva considerata uno status-symbol. Quelli che erano riusciti a procurarsela passeggiavano tra gli stand mettendola bene in vista. La ostentavano quasi, come un Rolex o una Ferrari Testarossa. Naturalmente per averla dovevano rivolgersi a noi. E come sempre le peggiori erano le insegnanti, di qualsiasi ordine e grado. Credevo di essere tornato al CANE.

«Buongiorno, io sono un'insegnante».

«Buongiorno. Posso esserle utile?». Speravo nonostante tutto in un'eccezione.

«Vorrei la valigetta di plastica».

«Purtroppo non possiamo dargliela».

«E perché? L'ho vista in mano a un sacco di persone».

«Diamo la valigetta solo ai visitatori professionali».

«Io insegno in una scuola media».

«Capisco. Ma le insegnanti non rientrano nella categoria dei visitatori professionali».

«QUESTA POI! SIAMO SEMPRE LE PIÙ BISTRATTATE, DAL MINISTERO DELLA PUBBLICA ISTRUZIONE A QUESTO CAZZO DI SALONE!».

«Mi dispiace, signora. Se omaggiassimo la valigetta alla totalità delle persone presenti alla manifestazione...».

«MA SE L'AVETE DATA A CANI E PORCI!».

Avevamo l'ordine tassativo di non litigare con nessuno. Non potevamo neanche mandarle a cacare. Un lavoro delicato, estremamente delicato.

«Guardi che dentro la valigetta c'è soltanto il catalogo del salone. Se vuole possiamo dargliene uno».

«MA CHE CATALOGO E CATALOGO! IO VOGLIO LA VALIGETTA!».

16.

Eravamo in otto alla reception, ognuno sull'orlo dell'esaurimento nervoso. Le insegnanti non si arrendevano. Se non arrivavano a ottenere quella scatola di plastica trasparente da uno, tornavano alla carica con un altro.

Chiunque pensava di avere diritto alla valigetta, anche le suore o i macellai. Ma le insegnanti battevano qualunque record. A volte davamo via le fottute trappole per disperazione. Non serviva a nulla.

«Senta, io sono un'insegnante».

«Buongiorno. Posso esserle utile?».

«Sì. Vede, prima un suo collega mi ha dato questa valigetta di plastica. Però mi è caduta e si è rotta».

«Be', succede. Sono piuttosto fragili».

«Già. Allora non vorrebbe sostituirmela con un'altra?».

Ogni tanto qualcuna mollava. Forse le supplenti o quelle appena entrate in ruolo. Ma era sufficiente che incontrassero un'amica o una collega con la valigetta.

«Senta, io sono un'insegnante».

«Buongiorno. Posso esserle utile?».

«Sì. Prima mi avete detto che non date valigette di plastica alle insegnanti».

«È così».

«Allora come mai questa mia collega ce l'ha?».

Naturalmente la stronza era presente a testimoniare. Io la valigetta l'avrei regalata a chiunque me la chiedesse. Solo che le maledette erano quasi contate. Se avessimo ceduto alle insegnanti che cosa avremmo dato ai veri visitatori professionali? Magari c'era chi aveva intrapreso la carriera dello scrittore nella speranza di avere anche soltanto una valigetta di plastica gratis un giorno.

17.

Proprio di fronte alla reception c'era un'edicola. Ci lavoravano a turni un ragazzo e una ragazza. Io tenevo d'occhio la ragazza. Il ragazzo teneva d'occhio me. Lei aveva un'aria simpatica, i capelli rossi, gli occhi verdi e un bel paio di tette. Con quel casino tra valigette e insegnanti non mi restava nemmeno il tempo per andare a comprare il giornale. A volte però mi accadeva di incrociare il suo sguardo. Le sorridevo. Alle sue spalle il ragazzo sorrideva a me, raggiante.

18.

«Buongiorno, io sono un'insegnante».

«Buongiorno. Posso esserle utile?». Vieni qua che ti squarto, brutta troia, pensavo.

«Prima un suo collega mi ha dato questa valigetta».

«Mi dispiace ma se si è rotta non possiamo cambiargliela. Ordini superiori».

«Oh no, non si è rotta. Però ho tre figlie piccole».

«Sì, signora». Portamele qua che squarto anche loro.

«Se torno a casa con una valigetta litigheranno. Sa come sono fatte le bambine».

«Lo so».

«Non potrebbe darmene altre tre?».

«Tre? Veramente una ce l'ha già e lei mi ha detto di avere tre figlie».

«Oh, non voglio certo privarmi della mia. Ieri mattina la preside è entrata in sala insegnanti con una delle vostre valigette. L'abbiamo tutti invidiata».

Erano pazze. Alla reception eravamo in grado di distinguere le insegnanti dal resto del pubblico ancora prima che aprissero bocca. Gli si vedeva negli occhi il miraggio della VALIGETTA DI PLASTICA GRATIS.

19.

Un pomeriggio alla fine del mio turno andai allo stand di una casa editrice milanese. Pier Vittorio Tondelli firmava le copie del suo ultimo libro. Non avevo mai letto niente di suo. Con me portavo quei dieci racconti scritti dopo venti mesi di servizio civile.

Dentro lo stand Tondelli era circondato da giovani lettori. Tutti parlavano del suo romanzo. Lui era sorridente, rilassato. Non sembrava nemmeno uno famoso. Non se la tirava assolutamente. Aspettai che si liberasse di una ragazza particolarmente logorroica, quindi lo avvicinai.

«Ciao, io sono Walter». Gli porsi la mano.

«Ciao Walter», mi sorrise lui stringendomela. «Hai letto anche tu *Camere separate*?».

«Be', no, veramente io ti ho portato dei racconti miei da leggere, quando ne avrai il tempo, se vorrai».

Si mise a ridere.

«Scrivimi il tuo indirizzo sulla busta. Li leggerò e ti farò sapere cosa ne penso».

«Mi piacerebbe capire se vale la pena che continui a scrivere o no».

«Questo io non te lo posso dire. Sei tu che devi sentire dentro di te cosa vuoi fare. Però ti dirò se i tuoi racconti funzionano».

Avrei voluto continuare a parlargli ma la folla dei fans tornò a circondarlo. Mi accorsi che con gli occhiali assomigliava un sacco a mio nonno. Aveva l'aria di essere una persona onesta, pulita. Non sembrava uno scrittore di successo. Trottai via pieno di speranza.

20.

L'ultima sera stavamo per chiudere quando la ragazza dell'edicola mi si avvicinò. Le parole VALIGETTA DI PLASTICA mi martellavano il cervello ma cercai di sorriderle come avrebbe fatto Mickey Rourke dalla sella della sua Harley Davidson. Lei si appoggiò al banco con tutto quello che aveva addosso. Le si vedevano i capezzoli sotto la stoffa del vestito.

«Posso chiederti una cosa?», mi domandò, arrossendo.

È fatta, pensai.

«Dimmi, tesoro».

«In questi giorni ho notato che mi guardavi dalla reception, e allora ho pensato...», esitò. Era timida. Il mio sguardo l'aveva irretita.

«Sì?», le dissi, fissandola nei capezzoli.

«Non saresti così gentile da procurarmi una di quelle valigette di plastica?».

Capitolo quinto

1.

UNA BELLA AUTO, UN CONTO IN BANCA, ABITI ALLA MODA, INSOMMA UNA VITA AGIATA! SE QUESTE COSE NON LE HAI, NON È UN PROBLEMA: L'IMPORTANTE È CHE TU ABBIA CARISMA, SIMPATIA, OTTIMA PRESENZA, VOGLIA DI SFONDARE, ETÀ 22-26 ANNI, INGREDIENTI INDISPENSABILI PER INIZIARE L'ATTIVITÀ DI VENDITORE DI PRODOTTI DESTINATI ALLE AZIENDE. SCRIVICI E NON LIMITARTI ALLE TUE GENERALITÀ, MA RACCONTACI QUALCOSA DI SIMPATICO SUL TUO CONTO...

Ero seduto da Fiorio davanti a una cioccolata calda e quell'annuncio mi fissava dalla pagina delle inserzioni. Fuori nevicava. Nelle scarpette di tela i miei piedi stavano congelando. Ottima presenza, carisma, simpatia... Raccontaci qualcosa sul tuo conto... Un curriculum vitae adesso non bastava più, volevano conoscere tutto di te, in modo da riuscire a fregarti meglio. Be', anch'io volevo sapere tutto di loro. Com'erano arrivati a costruirsi un'industria? Quanta gente sfruttavano con stipendi da fame? Quanto evadevano all'anno in tasse al fisco? Chi stavano truffando in quell'istante? Avevano mai seviziato le loro figlie? Avevano mai violentato le loro segretarie?

Due uomini dall'aspetto nordico e una coppia di asiatici conversavano seduti al tavolino di fronte al mio. Uno dei due nordici faceva da anfitrione. Lasciai perdere gli annunci economici e mi limitai ad ascoltarli, sperando che la cioccolata calda arrivasse prima o dopo a scongelarmi i piedi.

Per ciò che potevo capire, l'anfitrione era olandese. Abitava ad Amsterdam e parlava in inglese, francese o giapponese rivolgendosi ai suoi ospiti. L'ordinazione al cameriere invece l'aveva fatta in italiano. Da quello che diceva non in giapponese pareva che conoscesse perfettamente la storia del caffè Fiorio, il Risorgimento, il Marsala, lo zabajone, Garibaldi, Giuseppe Tomasi di Lampedusa e i suoi racconti. Lo guardai. Era biondo. Portava i baffi. Cominciava a perdere i capelli. Aveva un paio di occhiali d'oro rotondi e vestiva elegantemente.

A un tratto passò a illustrare la storia di Milano e del suo panettone. Mi venne voglia di fare qualcosa, anche se non sapevo cosa. L'olandese paragonò l'aroma del Marsala invecchiato a quello del Porto. Lavorava nel cinema. Accennò a problemi con la casa di produzione. Il mio problema era che non volevo diventare un venditore di prodotti destinati alle aziende. Non mi veniva in mente nulla di simpatico da raccontare sul mio conto. Non parlavo giapponese. Non vivevo ad Amsterdam. Non mi era mai passato per la testa di paragonare il Marsala al Porto. Non potevo affermare niente di preciso riguardo alla storia del caffè Fiorio anche se lo frequentavo da anni. Ero stato in Sicilia ma non ricordavo del Tomasi di Lampedusa che il *Gattopardo* e ignoravo l'esistenza dei racconti nei quali citava il locale in cui ero seduto. Avevo buttato il mio tempo in cose inutili e vuote. Camminando senza scopo per la città. Tentando di sedurre giovani edicolanti. In discoteca. Davanti alla televisione. Con i videogames. Dormendo sino a mezzogiorno. Per anni.

Terminai la cioccolata. Uno dei due giapponesi stava dicendo che il suo film era sul punto di essere stampato. Aspettava notizie in merito da New York, dove studiava cinema all'università. Un giapponese piccolo e giallo dalla faccia piatta e priva di espressione. Studiava a New York. Girava film. Era troppo.

Mi alzai, pagai e me ne andai. All'edicola più vicina comprai l'ultimo numero di «Hustler». Corsi a casa a masturbarmi.

2.

Arrivò Natale. Non mi restava una lira da spendere in regali. In compenso però non disponevo neppure di qualcuno a cui farne. Essere soli e senza soldi: forse avevo trovato la soluzione per evitare di venire coinvolto dall'inesorabile consumismo di massa santificato. Le grandi feste, come del resto le piccole feste e ogni singola domenica nel corso dell'anno, mi deprimevano. Tutti quanti avevano l'aria di divertirsi un mondo mentre io non sapevo dove sbattermi e finivo per allucinarmi davanti alla televisione o tra le cuffie del mio Sony. Il prototipo della casalinga frustrata. Probabilmente ero nato per fare la casalinga frustrata e alla base dei miei problemi stava un errore di sesso al momento del concepimento. La confusione che provavo davanti a un curriculum vitae in bianco era dovuta alla mia mancanza di identità. Chi ero, che cosa cercavo, dove volevo andare? Non lo capivo. Non l'avevo mai capito con precisione. L'unica cosa che mi faceva stare bene con me stesso era scrivere. Chissà se Tondelli avrebbe letto i miei racconti. Ma non ci si manteneva scrivendo racconti.

3.

Le strade scoppiavano, intasate da invasati con un unico programma nel cervello: SPENDERE LA TREDICESIMA IN REGALI DI NATALE. TeleMike aveva fatto bene il suo lavoro. E non era che uno tra gli infiniti replicanti del Grande Fratello Televisivo Globale. Il controllo sociale si serviva dei mezzi di comunicazione di massa attraverso cose come il detersivo, le mountain-bike e i pannolini.

Una sera riconobbi Enza appoggiata a un divieto di sosta in via Carlo Alberto. Era strafatta, pallidissima e dimagrita. Quando si accorse di me mi sorrise, ma l'avevo vista sorridere al vuoto molto prima di raggiungerla tra la folla carica di doni, adipe, esplosioni psicosomatiche, nevrosi e tossine.

«Ehi Walter», mi disse, «sai cosa mi ha regalato Ciccio per Natale?».

«No. Cosa ti ha regalato?».

Tirò fuori dalla tasca destra del giubbotto un involucro ricoperto di carta stagnola.

«Roba di prima qualità. Non è stato gentile?».

«Un casino. Cosa fate questa sera?».

«Andiamo in discoteca».

«E domani?».

«Andiamo in discoteca».

«Per Capodanno avete in progetto qualcosa di speciale?».

«Penso che andremo in discoteca».

«Capisco». Ritenni opportuno non affrontare l'argomento Carnevale.

4.

Il 31 dicembre se ne andò tra i festeggiamenti. A causa dei petardi non riuscii a dormire granché. Ma i botti e lo spumante non equivalevano a una dimostrazione di perspicacia. Tutti avrebbero brindato comunque, anche se quello appena conclusosi fosse stato un anno meraviglioso. Per molti lo era stato sul serio. Specialmente per i ricchi, gli speculatori, i trafficoni. A loro andava sempre meglio. Nei Caraibi aumentavano i cancri della pelle in seguito all'apparizione del buco nell'ozono? Chissenefrega, cambiamo meta, godiamoci una bella vacanza alle Maldive: questa era la loro *Weltanschauung*.

La mattina aprivo il giornale alla sezione annunci economici ma il mercato del lavoro non offriva molte chance. Le ditte cercavano megatop manager oppure operai superspecializzati. Altrimenti si trattava di proposte di vendita porta a porta. Molti annunci in realtà tentavano soltanto di incastrare qualche ingenuo con un corso di informatica. Così c'era anche chi oltre a non trovare un impiego si ritrovava a dover pagare di tasca propria una serie di lezioni che non gli sarebbero servite a un cazzo nella vita, mai.

Intanto mio padre andava su di giri, si surriscaldava.

«Alla sua età tanti si sono già fatti una posizione, hanno delle responsabilità e guadagnano un sacco di soldi», diceva a mia madre, mentre facevo colazione.

Lei usciva per fare la spesa senza dire nulla.

5.

Non so come finii a lavorare con un elettricista. Si chiamava Franco e dimostrava più o meno quarant'anni. Era un dipendente dell'ENEL e fuori orario faceva impianti elettrici nelle case di privati. Giocava e perdeva con i cavalli e aveva la necessità di guadagnare un doppio stipendio.

«Mi serve una reinura in quella parete, dal soffitto al pavimento», mi diceva.

Una reinura era la scanalatura dove far passare il tubo che conteneva i fili della luce. Bisognava scalpellare i mattoni senza centrarsi le dita con il martello. Sgobbavamo dalle sei del pomeriggio sino a mezzanotte o le due. Lui faceva le sue puntate all'ippodromo durante il giorno, nell'orario di lavoro dell'ENEL. Il problema non era costituito tanto dai mattoni quanto dai tratti di parete in cemento armato. Il cemento armato resisteva durissimo e scalpellandolo schizzava negli occhi sotto forma di schegge acuminate. Certe volte costruivamo l'impianto elettrico in una cantina o in un garage e i muri erano tutti in cemento armato. Tirando i fili Franco scherzava. Lui lo scalpello non lo toccava. Io bestemmiavo. Dopo una settimana avevo le mani ricoperte di lividi e vesciche sanguinanti.

«Vedrai che ti verranno i calli anche a te, che nella vita hai solo studiato», rideva Franco.

Alla fine del mese non accennò neanche per sbaglio alla mia paga. Aspettai qualche giorno, poi gliela chiesi.

«Mi occorrono i soldi», gli dissi.

«Certo», mi rispose lui. «Scusami, me ne ero proprio dimenticato».

Estrasse dai pantaloni il portafoglio e mi porse tre biglietti da centomila lire. Era il compenso di un mese, senza libretti di lavoro. Presi quei soldi con le mie mani foderate di vesciche.

«Esco un attimo a comprarmi le sigarette», dissi.

«Ma se non fumi».

«Ci metto un secondo».

Non tornai più. Sapevo che era in ritardo rispetto ai termini di consegna dell'impianto. Speravo di metterlo nella merda. Ma gente a spasso ce n'era tanta. Al posto mio si sarebbe presentato un altro.

6.

Con parte dei soldi guadagnati giocai una serie di schedine al totocalcio. Ogni settimana qualcuno diventava miliardario. Perché non poteva toccare a me una volta tanto? Trascorsi la domenica pomeriggio incollato a Tutto il calcio minuto per minuto. Collezionai una sfilza di quattro, qualche cinque e un sette. Non solo non avevo vinto niente, ma avevo anche perso i soldi spesi alla ricevitoria.

La mattina seguente scrissi domande di assunzione a una montagna di aziende. Dopo un mese mi risposero appena in due: l'Air France e la Martini & Rossi. Alla prima mi ero rivolto perché pensavo che sarei andato a vivere a Parigi. Alla seconda perché mi piacevano gli spot pubblicitari del Martini e pensavo chissà, magari riesco a inserirmi nel ramo promozione e propaganda. Dovevano pur pagare qualcuno perché scegliesse le modelle da utilizzare per le réclame.

7.

Il selezionatore dell'Ufficio Personale dell'Air France era un francese con i baffetti in doppiopetto blu di Yves Saint-Laurent. Aveva un tic all'occhio destro che gli deformava per brevi ma intensi istanti tutta la faccia.

«Allora, come mai lei vuole lavorare per l'Air France?».

«Perché mi piace viaggiare».

«L'Air France non è un villaggio turistico».

«Lo so. Però non è nemmeno un posto da ragionieri».

Il tic gli lacerò il volto trasformandolo per qualche secondo in un quadro di Picasso.

«Io sono un ragioniere», mi disse, superato l'attacco.

Nel giro di quattro battute mi ero giocato l'Air France.

8.

L'appuntamento alla Martini & Rossi era per il giorno dopo. Il selezionatore dell'Ufficio Personale era un italiano dai baffetti sottili in doppiopetto blu di Valentino. Aveva un tic piuttosto violento alla narice sinistra.

«Così lei vuole lavorare per noi», mi disse, dando un'occhiata al curriculum vitae che avevo allegato alla domanda di assunzione.

«Sì».

«Ma lei non ha significative esperienze professionali pregresse, vero?».

«No».
«Come politica aziendale a noi interessano candidati con almeno un paio d'anni di esperienza nel settore».
«Capisco. È quello che ho letto in molti annunci sui giornali. Il problema è che se non si inizia a lavorare da qualche parte i due anni di esperienza non è possibile farseli in nessun modo».
Il tic alla narice sinistra gli devastò i lineamenti riducendoli a una tela di Mondrian.
«Noi non siamo QUALCHE PARTE, signore. Noi siamo la Martini & Rossi».
Avevo chiuso anche con la pubblicità.

9.

Telefonai al CANE. Speravo non so bene come in una specie di ripescaggio. Magari anziché trecento dattilografi il comune aveva deciso di assumerne tremila. Mi rispose la voce di Pasquale.
«Cosa ci fai tu lì?».
«Batto a macchina».
«Ti hanno già preso?».
«Be', sì, sai, grazie all'interessamento di Lupo...».
«E la graduatoria?».
«Quale graduatoria?».
«Quella del concorso».
«Ah, quella. Non vale più. Cioè, hanno assunto trecento persone e amen. Tu come stai?».
«Ho fatto tredici».
«Ma va?».
«Adesso mi sto riposando un po' prima di studiare come investire il capitale».

10.

Improvvisamente mi resi conto che la città era piena di barboni, vecchi, mendicanti, alla ricerca di qualcosa da mangiare nei cestini dei rifiuti. C'era chi stava peggio dei lavatori di vetri agli incroci o dei venditori di tappeti e fazzolettini. Anche tra i disperati si potevano scorgere delle differenze poco appariscenti eppure importantissime. Chi girava per strada con un materasso ad esempio possedeva almeno quello su cui dormire. Gli altri dovevano accontentarsi di fogli di giornale, pezzi di cartone.

11.

Alla fine trovai un posto. L'annuncio diceva: CARRIERA OFFRESI NELL'AFFASCINANTE MONDO DEI LIBRI. L'affascinante mondo dei libri era una libreria. Si chiamava Liberty Books and Arts. La padrona voleva che il suo negozio fosse raffinato ed esclusivo. Lei anziché con un cane girava con un armadillo, Cassio. Scoprii che non mi piacevano gli armadilli. Tendevano agguati dappertutto, peggio dei gatti persiani, e non stavano mai fermi. La signorina Alberta chiamava il suo pseudo-cane Cassietto. Non usciva mai di casa senza quell'armadillo del cazzo, goffo e puzzolente. Così dovevo conviverci anch'io. Cinquanta ore alla settimana.

Il primo giorno di lavoro, miss Alberta mi disse che avrei dovuto attenermi al regolamento. Me ne diede da leggere una copia.

12.

Regolamento

INFRAZIONI E PROVVEDIMENTI DISCIPLINARI

In ottemperanza alle vigenti norme di legge si elencano qui di seguito i comportamenti che costituiscono infrazione disciplinare. Al di sotto delle infrazioni sono indicati i provvedimenti che possono essere adottati a seconda della gravità dell'infrazione stessa. Qualora nei due anni precedenti alla mancanza contestata siano stati comminati altri provvedimenti disciplinari, anche per infrazioni di diversa natura, potrà essere applicato un provvedimento più grave di quello massimo previsto.

VIOLAZIONI DELL'OBBLIGO DI DILIGENZA

Mancato rispetto dell'orario di lavoro.

Abbandono del posto di lavoro senza giustificato motivo o senza regolare permesso.

Attività non compatibili con la prestazione lavorativa quali ad esempio dormire, giocare ecc.

Comportamenti e attività anche al di fuori dell'orario di lavoro che creino disturbo.

Negligenza, trascuratezza o voluta lentezza nella esecuzione della prestazione lavorativa.

Inosservanza dell'obbligo, in caso di assenza per malattia o per altri motivi, di avvertire l'azienda.

Assenza ingiustificata anche se inferiore a tre giorni consecutivi.

Tutte queste infrazioni saranno passibili di rimprovero scritto, multa o sospensione.

INOSSERVANZA DELLE DISPOSIZIONI PER L'ESECUZIONE E LA DISCIPLINA DEL LAVORO

Manifestazione di intolleranza alle disposizioni dei superiori.

Rifiuto di eseguire un lavoro di propria competenza oppure di attenersi nell'esecuzione alle disposizioni impartite dai superiori.

Esecuzione non autorizzata di lavori che non rientrano nell'ambito delle mansioni affidate.

Presenza non autorizzata presso reparti o uffici diversi da quello di appartenenza.

Rifiuto di sottoporsi a inventario degli oggetti, strumenti o utensili affidati.

Insubordinazione grave nei confronti dei superiori.

Tutte queste infrazioni saranno passibili di multa, sospensione o licenziamento.

MANCANZA DI CORRETTEZZA NEI RAPPORTI PERSONALI

Comportamento inurbano o irrispettoso che porti pregiudizio alla morale o all'igiene.

Alterco con altro lavoratore durante l'orario di lavoro.

Alterco con passaggio a vie di fatto.

Rissa o altro grave fatto di violenza su persone.

Evidente stato di ubriachezza durante l'orario di lavoro.

Tutte queste infrazioni saranno passibili di sospensione o licenziamento.

VIOLAZIONI DELL'OBBLIGO DI FEDELTÀ NEI CONFRONTI DEL DATORE DI LAVORO

Esecuzione all'interno dell'azienda di lavori per conto proprio o di terzi.

Introduzione nei locali dell'azienda di persone estranee senza regolare permesso.

Svolgimento di attività aventi fini di lucro durante periodo di assenza per malattia, infortunio o permesso.

Irregolarità nella compilazione di documenti di lavoro al fine di maggiorare la quantità e/o la qualità del lavoro eseguito.

Uso non autorizzato di mezzi aziendali.

Simulazione di infortunio sul lavoro.

Detenzione per uso personale di materiale di proprietà dell'azienda.

Tutte queste infrazioni saranno passibili di sospensione o licenziamento.

VIOLAZIONE DI NORME PENALI

Furto.

Tenuta di giochi d'azzardo.

Reati vari per i quali si renda incompatibile la prosecuzione del rapporto di lavoro.

Tutte queste infrazioni saranno passibili di licenziamento.

Riguardo alla correttezza dei rapporti di lavoro, miss Alberta pensò bene di assumermi in nero, senza libretti, con uno stipendio inferiore rispetto a quello stabilito dal contratto nazionale.

13.

La signorina Alberta dichiarava quarantasette anni ma doveva averne parecchi di più. Durante la giornata passavano a trovarla branchi di amiche ingioiellate, vecchi catorci truccati come se fosse possibile somigliare alla pubblicità di Chanel nel pieno disfacimento dei tessuti.

Con le amiche miss Alberta parlava senza tregua del suo armadillo deficiente. Le sentivo strillare dall'angolo di lettura adibito a salottino mentre prendevano il tè con qualche babà o trincavano robusti calici di Porto.

«Oggi Cassietto è stanco!».

«Ah sì? Poverino...». Di solito vivevano tutte in ville piene di bestie, da buone ex sessantottine ora sposate a dentisti, architetti o avvocati ricchissimi, ma nessuna possedeva ancora un armadillo.

«Ha aiutato la mammina a compilare un assegno!».

«Oh, che bravo!».

«Hai sentito Cassietto? Giogina ti ha fatto i complimenti. Ringrazia la zietta!».

L'armadillo quasi guaiva. Andavano avanti per ore. Intanto io dovevo stare dietro a clienti, fornitori, maniaci, ladri, postini, drogati... Cassietto sembrava essersi rincoglionito del tutto. Gli avevano fatto il lavaggio del cervello. Probabilmente si era davvero convinto di essere il figlio della signorina Alberta. Bastava che un libro cadesse da uno scaffale. Immediatamente l'idiota prendeva a lamentarsi come se lo stessero bruciando vivo con una tanica di benzina. Si nascondeva sotto un tavolo. Doveva avere ricevuto un'educazione iperprotettiva.

«Cassietto! Cosa ti è successo!», sbraitava la sua mammina, che proprio in quell'istante, mentre stavo rifacendo le vetrine e il corriere consegnava venti scatoloni di novità e due clienti mi chiedevano un libro sul bonsai e uno sui loft e un tipo cercava di infilarsi sotto la giacca l'edizione di lusso dell'*Iliade* e il fax non voleva saperne di funzionare, era al telefono per ordinare un vestito costosissimo a Milano o da Top Ten, il negozio più caro di tutta la città.

«Deve essersi spaventato perché qualcuno ha fatto cascare *L'Anello di Re Salomone*, signorina».

«Cassietto, tesorino, non piangere. Vieni dalla tua Albertina».

Quella a cinquant'anni se lo prendeva in braccio. Lui la fissava negli occhiali col suo sguardo spento e la coda tra le zampe.

«Aiutami a finire la telefonata», lei gli diceva.

14.

Per fortuna due o tre volte al giorno dovevo uscirmene a consegnare libri a domicilio. Parecchi nostri ricchi clienti non avevano tempo o voglia di girare per librerie. Ci telefonavano e chiedevano in visione che so, venti o trenta volumi sui giardini delle case di campagna inglesi. La padrona si fregava le mani. Erano tutti libri di lusso, a volte stranieri, e costavano cari. Spesso alla clientela di riguardo fingeva di accordare uno sconto. In effetti raddoppiava o triplicava sistematicamente il prezzo di copertina dei volumi di importazione, così quello sconto era soltanto un furto ridotto del dieci per cento. Chissà perché, i clienti che per caso capitavano in un'altra libreria che tenesse gli stessi libri in negozio non si vedevano più. Ma con chi voleva i libri a domicilio si poteva rubare senza ritegno. Adesso capivo come facesse certa gente a vestirsi da Top Ten.

15.

Compilavo le bolle di accompagnamento con elenchi di autori, titoli, case editrici. Aggiungevo i relativi prezzi triplicati. Una copia di tutto rimaneva a noi. Da vecchia ladra, la padrona non si fidava. Anche i ricchi ogni tanto potevano dimenticarsi di restituire un libro e non pagarlo.

Felice di lasciare in negozio Cassietto e la sua mammina, mi sbattevo in macchina per fiondarmi nel traffico. La libreria era in centro e le auto procedevano impercettibilmente tra un semaforo e l'altro. Le persone al volante si guardavano con odio dai finestrini. Qualcuno finiva sempre per ostruire la strada. Erano sufficienti un trasloco, uno scippo, una rapina o un incidente. Il tram bloccato da un'automobile parcheggiata sulle rotaie era un classico. Tutti esplodevano bestemmiando paralizzati nel caldo, tra la puzza velenosa dei gas di scarico e il rumore assordante dei clacson, degli stereo, dei motori. Io me ne fottevo.

Miss Alberta era tenuta a pagarmi ugualmente, che impiegassi un'ora, tre o quattro. Anche i nostri ricchi clienti se ne fottevano elegantemente. Non erano tipi da farsi venire un'ulcera o un esaurimento nervoso nel traffico. A loro disposizione avevano autisti, guardie del corpo, fattorini. Aspettavano di vedere i libri o le puttane a casa, quei dritti, sorseggiando un J&B o sparandosi due belle strisce di coca, tanto per non annoiarsi. Altro che i cioccolatini dell'ambasciatore.

16.

Nel frattempo avevo ripreso a studiare. Seguivo il nuovo corso di Storia della filosofia tra l'una e le tre, facendo i salti mortali per non rientrare tardi al lavoro dalla mia pausa pranzo. Il pranzo consisteva in un panino al prosciutto tra le due ore di lezione. Un giorno che senza preavviso il professore non si era presentato mi ritrovai all'università senza niente da fare. Pensai di sedermi nell'atrio. Quell'anno lo stilista alla moda era Ralph Lauren. Avevo contato più di centoquattordici capi Ralph Lauren quando alcuni di essi si staccarono dalla mandria e mi vennero incontro. Ricoprivano Castracan.

«Ciao Walter. Cosa ci fai qui?», mi domandò. Sopra una camicia e una cravatta Ralph Lauren Castracan indossava un completo Ralph Lauren. Ai piedi portava mocassini Ralph Lauren. Barba, baffi, chiodo e kefiah erano scomparsi.

«Sto seguendo un corso di Filouno ma oggi non c'è lezione. E tu? Sempre con la Pantera?».

«Per carità», disse lui. «Che gente. Una delusione. Totalmente disorganizzati».

Il trillo di un cellulare lo interruppe. Era il suo. Lo estrasse dalla tasca della giacca.

«Sì? Ciao, sono in università. Come dici? Un'intera partita di Scuba direttamente dalla Svizzera? Magnifico. Questa volta ci tiriamo su le vacanze in Thailandia».

Ripose il telefonino sorridendomi.

«Adesso scusa ma devo andare. Mi stanno aspettando su in collina».

Non mi salutò né mi strinse la mano. Semplicemente tornò a confondersi nella mandria Ralph Lauren da dove era venuto.

17.

Una sera mi restava ancora una consegna da fare alla Crocetta. L'ultima della giornata. Presi un senso unico al contrario, attraversai un corso alberato evitando di poco un travestito e imboccai una strada privata a tutta velocità. Ai due lati c'erano residenze favolose e cani da guardia. Dopo pochi metri mi fermai a un cancello. Sembrava quello giusto. Avevo questa dannata abitudine di non segnarmi mai i numeri civici degli indirizzi ai quali dovevo portare libri. Certa gente poi non voleva addirittura scrivere il proprio nome sulla targhetta.

Scesi dall'auto e suonai il campanello. Una telecamera mi stava scrutando da sopra il citofono. A quell'ora sapevo di ritrovarmi sempre con una faccia stravolta da *Arancia meccanica*.

«Che cosa desidera?», mi chiese una voce incerta da cameriera filippina.

«Sono della libreria Liberty. Ho qui con me i volumi ordinati dalla signora».

Il cancello si aprì automaticamente. Una grande villa sorgeva in fondo a un viale alberato. Entrai nella proprietà con le mie borse contenenti l'opera omnia di Robert Mapplethorpe.

«Venga pure avanti». La domestica era comparsa sulla soglia di casa. Un dobermann enorme mi si avvicinò con un balzo. Percorremmo insieme il viale. Lo sentii annusarmi le palle lungo tutta la strada. Sperai non avessero un odore troppo invitante. Forse questa volta la sudata che mi ero fatta nel traffico sarebbe servita a qualcosa.

«Si accomodi», mi disse la donna di servizio quando giunsi in salvo alla porta. Indossava una specie di uniforme blu con colletto e grembiule bianchi. Di sicuro era una di quelle laureate in ingegneria nucleare che finivano col fare le pulizie in Italia o negli USA.

Salimmo un'ampia scala di marmo. La casa era stata arredata con gusto. Attraversammo un dedalo di stanze e corridoi. C'erano tutte le cose che i ricchi di solito mettono in posti del genere. Arazzi, mobili d'antiquariato, opere d'arte moderna, tappeti. Roba di classe. Ogni tanto uno usciva dal suo buco di due stanze più servizi e aveva la conferma che non sempre al mondo tutti mangiano la stessa merda. Riconobbi delle sculture fatte da un amico della signorina Alberta. Arte povera, all'inizio l'avevano chiamata a quel modo. Ora veniva quotata su «Capital» ed era sinonimo di raffinatezza, cultura, mondanità.

18.

La signora era nel suo studio. Dipingeva.

«Buona sera», mi disse. «Do ancora due pennellate e sono da lei».

«Prego». Era una rossa alla Kelly LeBrock, ma oltre la trentina, con il naso rifatto e forse persino già liftata.

«Desideravo tanto quei libri», sospirò. «Li appoggi pure dove vuole, se riesce a procurarsi un po' di spazio».

In effetti non mi fu facile scovare una superficie libera dove posare le borse. Era pieno di colori, cavalletti, pennelli, strofinacci, quadri. Spuntavano quadri dappertutto, sul pavimento, sulle sedie, sui tavoli, alle pareti. Erano tutti ritratti di cani. Cani che correvano, saltavano, giocavano, mangiavano. Eccone un'altra patita per le fotografie dell'Avvocato che accarezza i suoi husky, pensai. Lei mi sorrise.

«Dunque, che cosa ne dice dei miei quadri?».

«Personalmente preferisco i gatti».

«Io invece vado pazza per i cani».

«L'ho notato».

«Dipingo solo cani che mi appartengono, sa?».

«Sul serio?».

«Purtroppo non posso tenerli tutti qui in città. Non si possono far vivere gli animali in pochi metri quadrati, non trova?».

«Davvero». Ero certo che anche la filippina sarebbe stata d'accordo.

«Alcuni purtroppo ho dovuto venderli o regalarli».

«Ah sì?».

«Lei non sa come possano diventare gelosi gli uni degli altri quando amano il loro padrone. Peggio degli uomini. Complessivamente però i cani sono molto meglio degli uomini».

Terminò di dipingere e io le porsi la ricevuta.

«Dico così perché lo so. I cani sono molto meglio degli uomini. Molto meglio».

Firmò la ricevuta e me la restituì. Feci per congedarmi, ma lei mi bloccò.

«Ricordo ora di avere dei libri da restituirvi. Attenda un attimo, vado a recuperarglieli».

«Come vuole», le dissi, stringendomi nelle spalle.

Sparì. Io andai alla finestra che dava sul parco. Alla faccia dei pochi metri quadrati. Tra gli alberi si vedevano una piscina e due campi da tennis. Bene. Anche questa era fatta. Dovevo solo riportare i volumi resi e l'auto alla libreria. Uno straccio nascondeva il quadro che la signora stava dipingendo accanto alla finestra. Naturalmente non poteva non trattarsi di un cane. Sollevai lo straccio. Sulla tela era dipinto un grosso dobermann nero. Identico a quello che mi aveva accompagnato lungo il viale, entrando. Si faceva cacare addosso da una donna dai lunghi capelli rossi alla Kelly LeBrock.

19.

Per studiare avevo rinunciato anche a scrivere. Oltretutto Tondelli era introvabile e non sapevo che fine avessero fatto i miei racconti. In qualche maniera mi preparai per l'esame. All'interrogazione risposi a tutto ma non ricordai che Socrate era morto a causa della cicuta.

«Che cosa gli vogliamo dare», domandò il professore all'assistente, «diciotto?».

«Lei nel corso dell'anno ha frequentato?», questi mi chiese.

«Certo».

Avevo fatto i salti mortali per seguire le lezioni durante la pausa pranzo.

«Pensandoci bene...». Il professore mi guardò negli occhi. «Io a lei non la ricordo».

«Allora sarà meglio riparlarne alla prossima sessione.

Avanti il prossimo», aggiunse l'assistente.

20.

La padrona di solito arrivava alle undici, accompagnata da Cassietto. Qualsiasi cosa stessi facendo in quel momento, dovevo mollare tutto e andare a parcheggiarle la macchina. L'avevo già rigata sulle fiancate in un paio di manovre da rally, ma lei non se ne era ancora accorta.

Il mio orario mi teneva inchiodato dalle otto e mezza all'una e poi dalle tre alle sette e mezza. La sera però me ne andavo quasi sempre più tardi, grazie ai clienti stronzi di professione, quelli che entravano alle sette e ventinove dicendo: «È chiuso?», e restavano dentro mezz'ora per comprare una cartolina.

Un'amica di miss Alberta, Luciana, dava una mano in negozio nel pomeriggio. A preparare il tè. La ragazza delle pulizie e il contabile si presentavano in media una volta alla settimana. Io di testa mia non potevo combinare niente. Era la padrona a ordinarmi fai questo o fai quello. Di continuo. Senza tregua.

«Walter, confezioni un pacchetto alla signora».

«Walter, rimetta in ordine lo scaffale».

«Walter, non dimentichi di passare l'aspirapolvere».

«Walter, in bagno è terminata la carta igienica. Vada al supermercato e ne compri dieci rotoli».

Chissà se nel contratto nazionale c'era anche scritto a chi toccasse passare l'aspirapolvere o comprare la carta igienica. Ma io avevo bisogno di lavorare. Un sacco di ragazzi avevano bisogno di lavorare. E lei, la padrona, lo sapeva. Ci sguazzava. Lo stipendio non raggiungeva le ottocentomila al mese. Le ore di straordinario non mi venivano contate. Il versamento dei contributi naturalmente non esisteva. Tiravo avanti ripetendomi sempre più spesso che in ogni caso sarei rimasto lì lo stretto necessario.

Poi, una mattina, di ritorno in negozio dopo avere parcheggiato l'auto alla troiona, per poco non mi ammazzai. Durante la mia assenza si era materializzata in libreria una ragazza. Quando entrai mi guardò dritto negli occhi, facendomi inciampare sulla soglia. Non avevo mai incontrato uno sguardo così.

Era la fine del mondo. Alta. Sicura di sé. I lunghi capelli bruni sciolti sulle spalle. Dimostrava meno di vent'anni ed emanava qualcosa, qualcosa di estremamente sessuale. Non riuscivo a credere che a qualche metro di distanza una ragazza del genere respirasse la mia stessa aria.

«Walter, cosa ci fa lì immobile? Apra queste benedette scatole, si sbrighi!».

Faticai a capire le parole pronunciate da quella voce lontana, estranea, gracchiante.

Lei portava a spasso due gambe stupende, un culo perfetto, due cosce fantastiche. I suoi seni mi sorridevano da sotto la maglietta. Voglio andarmene da qui, pensai. Voglio andarmene con lei. Stava sfogliando dei volumi di Bruce Weber su di un tavolo. Non riuscivo a staccarle gli occhi di dosso. Non avevo mai visto niente di simile. Nemmeno al cinema o su «Vogue». Ogni tanto si passava una mano tra i capelli e mi guardava. Guardava me, proprio me. Quegli occhi mi perforavano, incantevoli. Erano puro sesso a diecimila gradi Fahrenheit, fissarli equivaleva a fare l'amore, in un istante persi la mia verginità.

Non capivo che cosa stessi facendo. Tentai di dividere i libri che tiravo fuori dalle scatole per titolo e casa editrice, senza alcun esito. Non me ne fregava più un cazzo di niente. Era lei che volevo. Dovevo parlarle. Conoscerla. Ora che sapevo della sua esistenza non potevo più respirare ignorando quale profumo emanasse la sua pelle. Non potevo più ascoltare ignorando che suono avesse la sua voce. Non potevo più toccare ignorando cosa si provasse a sentire la sua carne. Avevo un'erezione tremenda.

«Walter, vada di là a prendere questi volumi di storia dell'arte».

L'arpia mi porse una lista di titoli. Rimasi immobile.

«È urgente. Per l'ingegnere».

Non capivo.

«Walter, è vivo? Deve prendere in magazzino questo elenco di testi!».

L'avrei sgozzata. Afferrai quel foglio dirigendomi verso la porta del magazzino. Prima di aprirla mi voltai. La ragazza mi sorrise. Sembrava uscita dalla penna di Milo Manara. Io invece da uno scarabocchio di Hanna & Barbera. Adesso uscirò e le parlerò, pensavo, preparando i libri alla puttana. I suoi occhi, i suoi capelli, il suo culo. La mia vita non era più la stessa da quando li avevo visti. Decisi di andarmene, subito. Col cazzo che me la sarei fatta scappare. Un altro lavoro lo avrei trovato. Cosa aspettavo a lasciare un posto simile?

Rientrai in libreria con i volumi. Lei era sparita. Mi guardai attorno. Cercai dappertutto. Cercai e ricercai. Se ne era andata.

«Walter, compili una bolla di consegna», mi disse la morte. Corsi in strada. Niente. Era scomparsa, finita, persa per sempre. Mi sentivo vuoto dentro. Tornai in negozio.

«Walter, si può sapere che cosa le succede? Chi le ha detto di uscire? Questo suo comportamento le costerà una multa sullo stipendio».

La morte continuò a gracchiare. Smisi di ascoltarla.

Mentre compilavo la bolla di consegna non potevo fare a meno di scrutare tra la folla attraverso le vetrine. Avrei voluto essere da qualsiasi altra parte tranne che lì. Alla fine ero diventato anche io un commesso. Dalla mia gabbia guardavo fuori, ma non c'era più nulla da vedere.

Indice